Emily Skye

Die geheime Drachenschule

Weitere Titel der Autorin:

Die geheime Drachenschule

Die geheime Drachenschule –
Der Drache mit den silbernen Hörnern

Die geheime Drachenschule –
Die Rückkehr des siebten Clans

Die geheime Drachenschule –
Das Erwachen der Blattfinger

Die geheime Drachenschule –
Das Tribunal der Sieben Flammen

Die geheime Drachenschule –
Die Rebellion der Drachenreiter

Die geheime Drachenschule –
Der Kampf um Sieben Feuer

Die geheime Drachenschule –
Feuerschattens erster Reiter (Band 1)

Die geheime Drachenschule –
Der goldene Ritter (Band 2)

Titel auch als Hörbuch erhältlich

Geheim! Die geheime Drachenschule –
Löse das Rätsel der Zwillingsflammen

Geheim! Die geheime Drachenschule –
Löse das Rätsel des ewigen Feuers

Die geheime Drachenschule – Mein Freundebuch

Die geheime Drachenschule – Das Handbuch für Drachenreiter

Emily Skye

Die geheime Drachenschule

Die Rückkehr des siebten Clans

Band 3

Mit Illustrationen von
Pascal Nöldner

Die Bastei Lübbe AG verfolgt eine nachhaltige Buchproduktion.
Wir verwenden Papiere aus nachhaltiger Forstwirtschaft und verzichten darauf, Bücher einzeln in Folie zu verpacken. Wir stellen unsere Bücher in Deutschland und Europa (EU) her und arbeiten mit den Druckereien kontinuierlich an einer positiven Ökobilanz.

Dieser Titel ist auch als Hörbuch und E-Book erschienen

Originalausgabe

Bei Fragen zur Produktsicherheit wenden Sie sich bitte an:
produktsicherheit@bastei-luebbe.de

Umschlaggestaltung: Tanja Østlyngen unter Verwendung
einer Illustration von Pascal Nöldner
Satz: Thomas Krämer, Bastei Lübbe AG
Gesetzt aus der Arnhem
Druck und Einband: GGP Media GmbH, Pößneck
Printed in Germany
ISBN 978-3-8339-0599-5

12 11 10 9 8

Die Nacht war so schwarz wie ein Maulwurfsfell. Kein Mond stand am Himmel, und das Funkeln der Sterne verlor sich in der Dunkelheit. Lady Blackstone mochte die Finsternis. Genauso wie sie es mochte, im Geheimen zu handeln.

Ein kalter Windhauch ließ die Flamme der Kerze kurz aufflackern und scheuchte nervöse Schatten über die Seiten des dicken Wälzers, der vor ihr lag. Lady Blackstone zog es vor, bei Kerzenlicht zu arbeiten. Dieses neumodische elektrische Licht konnte sie nicht leiden.

Wie oft schon hatte sie in den letzten dreihundert Jahren durch die Seiten dieses Buches geblättert! Durch die Seiten aller Bücher in ihrer riesigen Bibliothek. Sie war sich sicher gewesen, dass sie jedes ihrer Geheimnisse kannte. Doch mittlerweile gab es das eine oder andere Wort, das sie in neuem Licht betrachten musste.

Ihre bleichen Finger trommelten hektisch auf die Tischplatte. Dann wurden sie langsamer. Ein letztes Tocken des Zeigefingers, dann des Mittelfingers, des Ringfingers und schließlich ein leises Klicken des kleinen Fingers. Ein Gedanke war durch ihr Unterbewusstsein geflattert und ihr schließlich ins Netz gegangen.

Hektisch blätterte sie im Buch weiter vor und fand die Stelle, nach der sie suchte.

Wird das Bündnis verraten, wird Feuer zu Stein.
Und dieser Fluch soll für immer sein.
Doch wird ein neues Feuer entfacht,
wird eine neue Zunge zum Reden gebracht
und schließlich ein neuer Reiter erkoren,
dann wird aus Stein neues Feuer geboren.

Lady Blackstone runzelte die Stirn und ging die Zeilen in Gedanken noch einmal durch. Sie wusste, dass alle Blattfinger zu Stein erstarrt waren, nachdem ihr Aufstand niedergeschlagen worden war. Die Reiter des siebten Clans, die sie angestachelt hatte, ihr beim Aufstand zu folgen, waren mit einem Fluch belegt worden. Keiner von ihnen sollte sich danach noch an Sieben Feuer und an die Existenz der Drachen erinnern. Und so waren sie irgendwann alle gestorben, ohne zu wissen, was ihre eigentliche Berufung gewesen war.

Bisher hatte Lady Blackstone immer geglaubt, den Drachen wäre es genauso ergangen. Dass sie zu Stein erstarrt und damit gestorben wären. Der Fluch sollte für immer sein. Doch nichts war für immer, das wusste sie nun.

Der Blattfinger, der kürzlich geschlüpft war, stand für das Feuer, das neu entfacht werden musste. Die Zunge, die zum Reden gebracht werden musste, gehörte diesem aufmüpfigen Henry.

Lady Blackstone ärgerte sich noch immer, dass es dem Jungen gelungen war, ihr zu entkommen.

Es fehlte also nur noch ein neuer Reiter für den Blattfinger. Wenn der gefunden war, dann würde aus Stein neues Feuer geboren. Dann würden die Drachen des siebten Clans wieder zum Leben erwachen. Und Lady Blackstone war sich ziemlich sicher, dass die Drachen nach über dreihundert Jahren in ihrem steinernen Gefängnis genauso auf Rache sinnen würden wie sie selbst …

Hier oben, Henry!“

Henry lag am Ufer des Seerosenteichs. Er lehnte bequem an Phönix’ Brust und suchte den Nachthimmel ab. Weit, weit über sich entdeckte er Lucy, die auf der Schwanzspitze von Wellentänzerin balancierte. Die Drachendame hatte die Flügel ausgebreitet und stand fast in der Luft.

Lucy ging in die Knie und setzte zum Sprung an. Wellentänzerins Schwanz federte mit und katapultierte sie in den Himmel. Vor der bleichen Scheibe des Vollmondes machte Lucy einen zweifachen Salto, um dann wie ein Pfeil hinabzuschießen. Sekunden später durchbrach sie die tintenschwarze Wasseroberfläche des Seerosenteichs. Im Mondschein blitzten die Wassertropfen wie silberne Perlen.

Henry und ein paar andere Drachenreiter klatschten Beifall. Lucy tauchte breit grinsend wieder auf und schwamm ans Ufer.

„Sechs von zehn Punkten“, sagte Henry, als Lucy aus dem Teich kletterte und sich zu ihm gesellte.

„Was?“, rief sie empört und schüttelte ihre nassen Locken. „Der Sprung war ja wohl mindestens eine Zehn!“

Henry duckte sich unter den Wasserspritzern und grinste.

Das Mondscheinspringen war eine uralte Tradition des Duffy-Clans. In sternenklaren Sommernächten trafen sich um Mitternacht Reiter und Drachen von Lucys Clan, um waghalsige Sprünge in den kleinen, dafür aber umso tieferen Vulkansee zu vollführen. Die Treffen waren streng geheim. Doch eigentlich wusste jeder davon. Selbst die Master kniffen wohlwollend beide Augen zu. Und manchmal kamen sogar Schüler der anderen Clans, um den Duffys bei ihren Sprüngen zuzusehen.

So wie Henry. Er liebte es, Lucy dabei zuzuschauen, wie sie sich aus schwindelerregender Höhe ins Wasser stürzte. Auch wenn das bedeutete, dass er am nächsten Morgen meist ziemlich müde im Unterricht saß und noch weniger mitbekam als sowieso schon.

Lucy ließ sich neben ihm ins Gras fallen. Es war Sommer, aber auf Sieben Feuer bedeutete das nicht viel. Und so war es sicher nicht mehr als fünfzehn Grad warm. Über Lucys Arme

und Beine kroch eine Gänsehaut, und ihre Lippen hatten die Farbe von Blaubeeren angenommen. Dennoch schien sie nicht wirklich zu frieren. Henry kannte das schon. Lucy nahm die Kälte einfach nicht wahr.

„Irgendwann holst du dir noch den Tod", sagte er vorwurfsvoll und reichte seiner Freundin ein Handtuch.

Wie gerufen landete Wellentänzerin vor ihnen, riss ihr Maul auf und blies ihrer Reiterin ihren heißen Atem entgegen.

Lucy ließ sich von ihrem Drachen trocknen wie von einem riesigen Fön. Sie seufzte wohlig. „Aaaah, das ist jedes Mal das Beste am Mitternachtsspringen."

Sie lehnte sich zurück und kuschelte sich neben Henry an Phönix' Brust.

So könnte es für immer bleiben, dachte Henry, als sich ein älterer Junge vor ihnen aufbaute: Stewart Todd.

„Was will die Giftzunge denn schon wieder hier?", schnauzte er ihn an.

„Kümmere dich gefälligst um deine eigenen Angelegenheiten!“, blaffte Lucy zurück.

„Reg dich nicht auf ...“, versuchte Henry seine Freundin zu beruhigen.

Für Henry war das nichts Neues, auch wenn er sich immer noch nicht daran gewöhnt hatte. Seit alle auf Sieben Feuer von seiner besonderen Gabe wussten, passierte ihm das ständig. Henry war ein Drachenflüsterer. Er besaß die Fähigkeit, nicht nur zu seinem, sondern zu allen Drachen das Band zu knüpfen.

Und das gefiel nicht jedem. Im Mittelalter wäre er als Goldzunge vom Bündnis der Sieben Feuer verehrt worden. Doch nachdem Lady Blackstone ihre Gabe missbraucht und versucht hatte, alle Drachen und Reiter zu unterwerfen, wurde das Talent sehr kritisch gesehen.

„Du solltest dir deine Freunde besser aussuchen“, sagte Stewart zu Lucy und zeigte mit dem Kinn auf Henry.

In Henry brodelte es. Doch er erinnerte sich an Master Duncans Rat. *Lass dich von niemandem provozieren, und vertrau auf deine Freunde.* Und so überhörte er zähneknirschend Stewarts Beleidigung.

Phönix reckte seinen Hals. In den letzten drei Monaten war er gewaltig gewachsen. Er war zwar noch immer kleiner als Happy, der größte aller Teufelsgrinds, aber er überragte bereits alle anderen Drachenrassen um mehrere Kopflängen.

Was will der Junge?, ertönte seine Stimme in Henrys Kopf. *Spielen?*

„Nein ... jedenfalls nicht mit uns", antwortete Henry.

Schade, brummte Phönix gelangweilt und machte es sich wieder im Heidegras gemütlich, das um den Seerosenteich herum wuchs.

„Geh mir aus dem Mondschein, Stewart", sagte Lucy gelangweilt und lehnte sich gegen Phönix' Bauch.

Stewart holte Luft, um etwas zu erwidern, überlegte es sich dann aber anders und wandte sich kopfschüttelnd ab.

Marc, einer der Drachenballspieler der Wolkenbrecher, hatte alles mit angehört und kam zu ihnen rüber. „Mach dir nichts draus, Henry", sagte er aufmunternd. „Je näher unser Abschluss rückt, desto schlechter wird Stewarts Laune."

Henry lächelte dankbar. So unerbittlich Marc auf dem Drachenballspielfeld war, so nett verhielt er sich außerhalb des Platzes. Er hockte sich zu ihnen, und für Henry sah es so aus, als ob ein Kleiderschrank in die Knie gehen würde.

„In vier Wochen ist es so weit", sagte Marc und riss gedankenverloren ein bemitleidenswertes Heideröschen aus dem Boden. „Dann heißt es für den siebten Jahrgang Abschied nehmen. Ich kann mir noch gar nicht vorstellen, wie das nächstes Jahr werden soll, wenn ich Sieben Feuer und meinen Drachen verlassen muss."

Henry und Lucy nickten. Sie hatten noch sechs Schuljahre auf Sieben Feuer vor sich. Trotzdem wurde auch ihnen bei dem Gedanken, ihre Drachen irgendwann verlassen zu müssen, ganz schwer ums Herz.

Warum bist du traurig?, fragte Phönix, der Henrys Gefühle spüren konnte.

„Wir sprechen gerade über den bevorstehenden Abschied des siebten Jahrgangs", teilte Henry ihm in Gedanken mit.

Phönix schlang das Band um Henry, so eng er konnte. *Wir werden uns niemals trennen*, sagte er, und Henry musste lächeln. Er tätschelte die harten Schuppen auf Phönix' Brust, die im Mondlicht rötlich schimmerten.

Nach einer viel zu kurzen Nacht saßen eine müde Lucy und ein noch müderer Henry in der Bibliothek und lauschten dem Unterricht von Master Nicolas.

Der Lehrer hielt seine rechte Hand in die Höhe. Trotz der milden Temperaturen steckte sie in einem wollenen Handschuh, dessen Fingerspitzen er abgeschnitten hatte, um besser in seinen Büchern blättern zu können. Die unterste Etage der Bibliothek war tief in die Klippe, auf der die Wolkenburg stand, gegraben worden. Hier wurde es selbst im Sommer nicht warm.

Die vier Finger des Lehrers (der ganz kleine war ihm irgendwann abhandengekommen) ragten mahnend in die Höhe.

„In vier Wochen habt ihr eure Abschlussprüfungen. Bis dahin solltet ihr alle ehemaligen Reiter eurer Drachen kennen. Und die Jahreszahlen, wann sie euren Drachen geritten haben, und natürlich ihre Verdienste."

Ein Stöhnen ging durch die Klasse.

„Nein, nein, Leute. 100 % positiv. Kein Grund zur Besorgnis", rief Arthur, Henrys bester Freund, der manchmal leider ein ziemlicher Besserwisser war. „Das Bündnis der Sieben Feuer gibt es erst seit etwas über siebenhundert Jahren", sagte er und schien im Kopf nachzurechnen. „Da jeder Reiter immer sieben Jahren mit seinem Drachen verbringt, sind es lediglich Daten und Fakten zu 102 Reitern, die ihr auswendig lernen müsst."

Ein erneutes Stöhnen ging durch die Klasse, und Arthur blickte sich verwundert um.

„Was habt ihr denn? Ich weiß bereits alles über Pyrothargas' ehemalige Reiter. Wusste ich sogar schon, bevor Master Nicolas uns die Aufgabe gestellt hat."

Timothy kramte in seiner Tasche nach einem Defender, einer kleinen Holzkugel, die man beim Drachenball verwendete. Er zielte und warf.

Ein *Plock* ertönte, und Arthur verstummte erschrocken. Timothys Wurf hatte gesessen. Da Arthur aber mittlerweile neben seiner Brille auch seine Drachenballschutzkappe nur zum Schlafen auszog (sicher war sicher), hatte der Aufprall des Defenders nicht wehgetan.

Einen Schreck hatte Arthur trotzdem bekommen.

„100 % negativ", äffte Timothy ihn nach. „Bis auf meinen Onkel, der mir damals davon berichtet hat, dass ich für Sieben Feuer auserwählt wurde, kenne ich noch keinen einzigen von Königsbluts ehemaligen Reitern."

„Tja, dann heißt es ab jetzt wohl mehr büffeln und weniger Drachenball spielen", entgegnete Master Nicolas ungnädig.

Bis auf Arthur und Henry murrten nun auch alle anderen.

„Was ist denn mit dir los?", wandte sich Timothy an Henry. „Als ob du dir mehr als drei Dinge auf einmal merken könntest."

Henry verschränkte grinsend die Arme hinter dem Kopf und begann, auf den hinteren beiden Stuhlbeinen vor und zurück zu schaukeln. „Denk doch mal nach. Phönix ist gerade erst geschlüpft. Ich bin sein erster Reiter. Da gibt es also nicht viel zu lernen."

Master Nicolas sah ihn erstaunt an. Er zog die Augenbrauen nach oben, und seine Stirn legte sich in Falten.

„Netter Versuch, Henry", sagte er. „Ich dachte, dir wäre klar, dass du die ehemaligen Reiter von Happy, dem einhörnigen Teufelsgrind, lernst."

Henry fiel fast vom Stuhl. Die vorderen Stuhlbeine donnerten auf den steinernen Boden der Bibliothekshalle.

„Nicht Ihr Ernst!"

Timothy und Lucy kicherten schadenfroh.

Master Nicolas fuhr unbeeindruckt fort. „Es gibt zwei Möglichkeiten, wie ihr die Namen lernen könnt. Entweder ihr wälzt hier in der Bibliothek die Bücher zu euren Drachen, oder ihr lasst euch die Geschichte eurer Drachen von ihnen selbst erzählen."

„Positiv", sagte Arthur. „Ich habe beides gemacht."

Am liebsten hätte Henry seinem Freund einen weiteren Defender an den Kopf geworfen. Er hatte echt keine Lust, sich in der Bibliothek durch sämtliche Wälzer zu graben. Aber genauso wenig freute er sich darauf, Happy zu befragen. Der alte Griesgram würde sich erst ewig bitten lassen und ihm dann ausführlich von seinen Heldentaten berichten.

Henry seufzte und knüpfte das Band zu Phönix.

Guten Morgen, Henry, begrüßte der junge Drache ihn fröhlich, klang aber noch reichlich verschlafen.

„Hallo, Phönix", entgegnete Henry und erzählte ihm von der Aufgabe. „Mir wird nichts anderes übrig bleiben, als Happy zu fragen."

Im Nu war Phönix hellwach. *Das ist ja großartig!,* freute sich sein Drache. *Verrätst du mir, was Happy dir berichtet hat?*

Im Gegensatz zu Henry freute sich Phönix über alles Neue, was er lernen konnte. Und er hatte ein riesiges Gedächtnis.

„Du bist fast so ein Streber wie Arthur", stöhnte Henry.

Ein Streber? Wie Arthur?, fragte Phönix erfreut. *Das ist was Tolles. Richtig?*

„Wie man's nimmt", antwortete Henry und kappte das Band zu seinem Drachen, denn Master Nicolas hatte begonnen, über den großen Abschied zu erzählen.

„Am letzten Schultag müssen sich die Reiter des siebten Jahrgangs von ihren Drachen verabschieden. Das Band, das sie sieben Jahre miteinander verbunden hat, wird zerschnitten. So war es seit jeher. Und so wird es immer sein."

„Das ist so ungerecht", beschwerte sich Lucy. „Warum kann man nicht auf ewig mit seinem Drachen verbunden bleiben?"

Master Nicolas verschränkte die Hände unter den weiten Ärmeln seiner Kutte und lächelte Lucy mitfühlend an. „*Ewig* ist ein großer Begriff, Lucy. Für uns bedeutet *ewig* ein Menschenleben. Doch unsere Drachen werden mehrere Tausend Jahre alt."

„Na und?", fiel ihm Timothy ins Wort. „Dann könnten wir doch zumindest unser kurzes Leben mit ihnen teilen."

Master Nicolas schüttelte milde lächelnd den Kopf. „So funktioniert das Bündnis der Sieben Feuer aber nicht. Unsere Drachen brauchen euch, genauso wie sie ihre ehemaligen Reiter brauchen. Über die sieben Jahre hinaus. Auch wenn das Band zu eurem Drachen gelöst wird, werdet ihr weiter an Sieben Feuer gebunden sein. Ihr werdet euch ein Leben lang für den Fortbestand des Bündnisses einsetzen. So wie alle Drachenreiter vor euch. Ihr seid verantwortlich dafür, dass Sieben Feuer niemals entdeckt wird und dass alle Versuche der neugierigen Menschen, uns zu enttarnen, verhindert werden. Und dafür braucht es weit mehr als einen Reiter pro Drachen."

Master Nicolas hielt inne, als er in die traurigen Gesichter seiner Schüler sah.

„He, kein Grund, Trübsal zu blasen. Euch bleiben die gemeinsamen Erinnerungen mit euren Drachen. Die wundersamen und die abenteuerlichen, die glücklichen und die traurigen, die stillen und die großen Momente." Er griff in den Ausschnitt seiner Kutte und fischte eine Kette hervor, an der ein tränenförmiger Anhänger befestigt war. Es sah fast so aus, als ob eine kleine Flamme im Innern des Anhängers hin und her zuckte. „Das ist eine Drachenträne."

„Daraus wird das traurige Elixier gewonnen", meldete sich Arthur zu Wort. „Um Wunden zu heilen."

Master Nicolas nickte. „Das stimmt. Doch in diesem Fall heilt die Träne keine körperlichen Wunden, sondern seelische. Sie ist Balsam für den Herzschmerz. In der Drachenträne sind eure gemeinsamen Erinnerungen eingefangen. Die Träne sorgt dafür, dass diese niemals verblassen. Egal, wie viel Zeit vergeht, durch das Amulett fühlt es sich so an, als ob jede Erinnerung an euren Drachen erst gestern gewesen wäre." Gedankenverloren hielt Master Nicolas die Träne umfasst. Dann räusperte er sich. „Doch genug davon. Kommen wir zurück zum großen Abschied." Er ließ das Amulett wieder unter seiner Kutte verschwinden. „Alle ehemaligen Reiter der Drachen des Abschlussjahrgangs werden nach Sieben Feuer kommen, um den jetzigen Reiter in ihre Gemeinschaft aufzunehmen. Vorher wird der Drache seinem Reiter den Namen seines Nachfolgers nennen. Seine letzte Aufgabe besteht also darin, seinen Nachfolger zu finden und nach Sieben Feuer zu geleiten."

Henry dachte daran, wie sein Cousin Charles vor nicht mal einem Jahr erst bei seinem Fußballspiel und dann bei ihnen zu Hause aufgetaucht war. Geheimnisvoll, aber auch ein wenig traurig hatte er gewirkt. Jetzt wusste Henry, warum.

„Henry?" Master Nicolas riss ihn aus seinen Gedanken und

blickte ihn fragend an. Henry hatte keine Ahnung, was er von ihm wollte.

„Du bist echt ein Phänomen“, zischte Lucy ihm zu. „Du schaffst es wirklich keine zwei Minuten, dich auf den Unterricht zu konzentrieren, oder?“

„Sag mir lieber, was Master Nicolas von mir will“, murmelte Henry zurück. Dabei lächelte er den Master freundlich an und versuchte seine Lippen beim Sprechen möglichst nicht zu bewegen.

„Anonymus“, half Master Nicolas ihm auf die Sprünge. „Hat der junge Blattfinger dir mittlerweile verraten, wer sein erster Reiter sein wird?“

Henry hob bedauernd die Schultern. „Nö, leider noch nicht.“

In einer Nacht- und Nebelaktion war es Henry und Timothy gelungen, den jungen Drachen aus den Fängen von Lady Blackstone zu befreien. Jetzt hofften die Master alle darauf, dass er Henry den Namen seines ersten Reiters nennen würde. Doch Fehlanzeige. Was das betraf, schwieg Anonymus.

„Hoffen wir, dass er sich am Tag des Abschieds offenbart“, seufzte Master Nicolas. Er wandte sich an den Rest der Klasse. „Und lasst uns hoffen, dass Henry dieses eine Mal zuhören wird.“

Wohin fahren wir eigentlich?", wollte Edward wissen. Nach dem Unterricht bei Master Nicolas saßen sie nun in Master Duncans Planwagen und holperten die Steilküste entlang.

„Wir treffen eure Drachen heute in der Wehklagenden Aue", antwortete der Lehrer.

„In der Aua-Aue sozusagen", kicherte Timothy.

„Nur gut, dass hier alle Orte schon einen Namen haben", brummte Master Duncan genervt.

„Woher hat die Aue denn ihren Namen?", wollte Chloé wissen. Master Duncan griff in die ausgebeulte Tasche seines Mantels, holte einen Fetzen Stoff hervor und band sich seine schulterlangen Haare zu einem Zopf zusammen. „Wartet es ab", knurrte er. „Gleich werdet ihr es hören."

„Was wollen wir da überhaupt?", fragte Henry. „Ich dachte, wir fahren zum Acker, um Drachenball zu trainieren."

„Heute arbeiten wir an eurer Flugtechnik", gab Master Duncan zurück und schwang die Zügel. „Durchaus nützlich für euer Drachenballspiel."

Der Planwagen fuhr den schmalen Weg entlang, der sich an einer schroffen Felswand vorbeischlängelte. Schließlich ließen sie den Berg hinter sich und bogen auf eine weite Ebene ab. Hier konnte der Wind ungehindert über das Land jagen. Der Stoff des Planwagens fing wild an zu knattern, wurde aber von einem noch lauteren Heulen übertönt.

„Das Weinen des Windes", rief Master Duncan über den Lärm hinweg. „Man sagt, es ist der Abschiedsschmerz, der den Wind heulen lässt, wenn er über die Aue Richtung Meer jagt und Sieben Feuer hinter sich lässt. Daher der Name Wehklagende oder auch Heulende Aue."

Henry und die anderen wickelten sich in ihre Umhänge. Trotz der Sonne war der Wind eisig kalt.

„Nette Geschichte", entgegnete Timothy. „Aber warum können wir nicht auf dem Drachenacker an unserer Flugtechnik arbeiten?"

Master Duncan grinste. „Erstens ist es schwieriger, eure Drachen im Sturm zu navigieren. Und zweitens wächst in der Wehklagenden Aue das saftigste Gras."

„Und warum ist das so wichtig?" Timothy ließ nicht locker.

Master Duncans Grinsen wurde breiter. Er deutete auf die vielen Schafe, die in der Aue grasten. „Weil ihr heute gemeinsam mit euren Drachen Schafe hüten werdet."

„Schafe hüten?", rief Henry entgeistert. „Ist das Ihr Ernst? Wie soll uns das beim Drachenball helfen?"

Master Duncan ließ die Pferde anhalten und sprang vom Kutschbock. „Ihr werdet schon sehen. Hopp, hopp. Runter vom Wagen. Treibt die Schafe zusammen!“ Er deutete in den Himmel. „Da kommen schon eure Drachen“, rief er über das Heulen des Windes hinweg.

Und da waren sie. Hoch am Himmel. Mit weit ausgebreiteten Schwingen zogen sie majestätisch ihre Bahnen. Und obwohl sie gegen das Sonnenlicht nur als kleine Silhouetten erkennbar waren, wusste jeder Reiter sofort, welcher Drache zu ihm gehörte.

Henry sah, wie Phönix seine Flügel anlegte und sich wie ein Stein aus dem Himmel fallen ließ. Gejagt von Wellentänzerin, die hinter ihm her schoss. Timothys und Edwards Vierhörner umkreisten sich wie in einem Tanz, während Tausendschön die Farbe des Himmels angenommen hatte und fast unsichtbar war. Pyrothargas und Happy grasten bereits zwischen den Schafen, und Anonymus, der junge Blattfinger, trieb ein Lämmchen, das gefährlich nah an der Steilklippe entlangstakste, zurück auf die Wiese.

Hui, hier weht der Wind noch stärker als über dem offenen Meer, freute sich Phönix, der das Band zu Henry geknüpft hatte.

„Es sieht aus wie Achterbahnfahren, wie ihr da über den Himmel jagt“, lachte Henry.

Achterbahn? Ich würde eher sagen Neunerbahn. Ach was, Zehnerbahn!, jubelte Phönix.

„Was auch immer“, rief Henry in Gedanken. „Lass mich aufsteigen, ich will auch mal.“

Wenig später sausten sie gemeinsam über den Himmel.

„Master Duncan möchte, dass wir die Schafe zusammentreiben. Kriegst du das hin?“

Statt zu antworten, machte Phönix eine scharfe Kurve und flog keine Handbreit über der Aue auf drei Schafe zu, die sich von ihrer Herde entfernt hatten. Als die Tiere den auf sich zurasenden Drachen bemerkten, blökten sie erschrocken auf und galoppierten zu ihrer Herde zurück.

Phönix wendete abrupt, und Henry presste sich an die dreizehnte Schuppe, hinter der er immer saß. Dann verlagerte er sein Gewicht auf die rechte Flanke des Drachen, und automatisch hob Phönix den linken Flügel ein Stück an. Sie wurden von der Strömung erfasst, machten eine elegante Rolle in der Luft und schossen auf zwei weitere Schafe zu, die nicht bei ihrer Herde standen.

Henry und Phönix bewegten sich, als ob ihre Körper eins wären. Das Zusammentreiben der Schafe war für sie ein Klacks.

Als die beiden Ausreißer wieder bei ihrer Herde angekommen waren, blickte Henry zu Master Duncan. Der Lehrer deutete auf drei Felsbrocken am östlichen Ende der Aue. Sie sahen aus wie die Spitzen eines Drachenkamms, der sich durch die Erde gebohrt hatte. Henry hatte verstanden. Wie ein Wirbelwind umkreisten sie die Schafe und trieben sie Richtung Felsbrocken, um dann zu den anderen zurückzukehren.

„100 % streberhaft“, begrüßte Arthur sie, und Henry grinste. Aus dem Mund seines Freundes war das ein Kompliment.

„Angeber“, ergänzte Lucy und blies sich eine Locke aus dem Gesicht.

Chloé nickte zustimmend, während sich Timothy und Edward auf ihre Vierhörner schwangen, um es Henry nachzumachen. Sieben-Feuer-Schafe waren eigenwillige Tiere. Die Herde war schon wieder dabei, sich in alle Winde zu zerstreuen.

Master Duncan lehnte am Kutschbock des Planwagens. „Wer nicht so gut im Fliegen ist …“, sein eines Auge ruhte auf Arthur, „kann sich auch mit Feuerspucken behelfen. Ein kleiner Feuerball vor ein Schaf gespuckt, und das Tier läuft garantiert in die andere Richtung davon.“

„Feuerball vor Schaf zum Richtungswechsel“, murmelte Arthur. „Verstanden.“

Master Duncan sah ihn zweifelnd an. „Sicher, dass du das schaffst, Professor?“

„50 %“, stammelte Arthur.

„Wäre allerdings schön, wenn nach deinem Versuch etwas mehr als die Hälfte der Herde übrig wäre“, sagte Master Duncan und grinste.

Edward und Timothy hatten die Herde inzwischen wieder zusammengeführt. Sie waren gute Reiter, und die Zwillingshörner verstanden sich auch ohne Worte blind. Master Duncan deutete auf den Rand der Aue, wo es sich Happy, der alte Teufelsgrind, bequem gemacht hatte. Edward und Timothy reckten ihre Daumen nach oben. Als die Herde sich in Bewegung setzte und in Richtung des alten Teufelsgrinds trottete, hob dieser sein mächtiges Haupt und knüpfte das Band zu Henry.

Was soll das, Zwerg? Warum schickt der Master die Stinktiere zu mir?

„Hallo, Happy. Ich freu mich auch, von dir zu hören.“

Du sollst mich nicht Happy nennen! Sag dem Master, er soll die Viecher gefälligst woandershin schicken. Die kötteln mir hier die saftigste Stelle der Aue voll. Ich will hier in Ruhe grasen, und es gibt nichts Ekligeres als Schafsköttel zwischen den Zähnen.

Henry versuchte ein Lachen zu unterdrücken, doch es gelang ihm nicht. Er würde Master Duncan gar nichts sagen. Als er das erste Mal einen Wutausbruch von Happy miterlebt hatte, hatte er sich vor Angst fast in die Hose gemacht. Aber inzwischen wusste er, dass Happy zwar mürrisch war, aber nicht mal einer Fliege etwas zuleide tun konnte.

Als die Schafe näher kamen, erhob sich der alte Koloss und fauchte donnernd einen Feuerball in den Himmel. Doch anstatt vor Schreck zu erstarren, umzingelte die Schafherde den alten Drachen. Die Tiere rückten immer näher an ihn heran, pressten ihre wollenen Körper an den alten Teufelsgrind und blökten zufrieden.

Das wirst du mir büßen, du kleiner Gnom. Happy überschüttete Henry mit wüsten Beschimpfungen, während die anderen sich vor Lachen bogen.

Als sich alle wieder beruhigt hatten, war Arthur an der Reihe. Master Duncan hob seine Augenklappe an, um sich die Lachtränen abzutupfen. Dann deutete er auf ein vorwitziges Schaf, das sich von der Herde entfernt hatte und Richtung Steilklippe trabte.

„Fürs Erste reicht es, wenn Pyrothargas und du das Tier zurück zur Herde bringt."

Arthur seufzte, kletterte wenig elegant auf den Rücken seines Drachen und flog los.

Die Sonne im Rücken warfen die beiden einen dunklen Schatten, der ihnen über die Aue voraneilte.

„Nicht gut", murmelte Henry, und er sollte recht behalten. Das Schaf zuckte zusammen, sobald der Schatten es erreichte. Und schon im nächsten Moment galoppierte es davon.

Henry formte mit den Händen einen Trichter um den Mund. „Nähert euch von der Seite, sodass euer Schatten hinter euch bleibt!", rief er. Doch der Wind verschluckte seine Worte.

Arthur und Pyrothargas jagten dem Schaf hinterher, das immer schneller wurde und direkt auf die Steilklippe zusteuerte.

„Feuerball!", dröhnte nun Master Duncans Stimme über den Wind hinweg.

Arthur befolgte den Rat des Lehrers. Doch die Situation überforderte ihn. Viel zu hektisch gab er den Befehl an seinen Drachen weiter ... Und statt einen Feuerball vor dem Schaf zu platzieren, damit es abdrehte, traf die kleine Feuerkugel das Hinterteil des Schafs. Empört blökte es auf, erhöhte nochmals das Tempo ... und sprang mit brennendem Hinterteil über den Rand der Klippe.

Dann ging alles ganz schnell. Henry spürte, wie Anonymus, der Blattfinger, das Band zu ihm knüpfte. Enger und gewaltsamer, als er es von Phönix und selbst von Happy kannte.

Heb die Arme!, brüllte Anonymus.

Wie ferngesteuert folgte Henry seinem Befehl. Im nächsten Augenblick spürte er, wie die Vorderklauen des grünen Drachen nach ihm griffen und ihn mitrissen.

Schwing dich nach hinten!, wies ihn Anonymus als Nächstes an.

Henry befreite sich aus dem engen Band. Seine eigenen Gedanken kehrten zurück. „Was soll das?“, fragte er aufgebracht.

Wir haben keine Zeit für Diskussionen, erwiderte der Blattfinger. *Erst müssen wir das Schaf retten.*

Ein neues Band, nicht mehr als ein zarter Faden, flocht sich in ihre Verbindung. Henry zuckte irritiert zurück. Er spürte Angst. Angst vor Feuer, vor Höhe und vor dem Ertrinken. Henry konnte es kaum glauben. Es war das Schaf, das mit ihm sprach!

Schwing dich nach hinten!, wiederholte Anonymus.

„Seh ich aus wie ein Zirkusartist?“, murrte Henry, doch er befolgte seinen Befehl. Er schwang seine Beine vor und zurück und schaukelte immer wilder hin und her. Bis Anonymus ihn losließ. Henry blieb das Herz stehen, als er kopfüber durch die Luft Richtung Meer segelte. Einen Moment später aber griffen die Hinterläufe des Drachen nach seinen Beinen. Im Sturzflug näherten sie sich der Wasseroberfläche. Das Schaf paddelte gegen die Fluten an und drohte immer wieder unterzugehen.

Luft anhalten!, rief Anonymus Henry zu.

Im nächsten Moment tunkte ihn der Drache mit dem Kopf voran ins Meer. Das Wasser war eisig, und das Salz brannte Henry in den Augen. Er hielt sie trotzdem geöffnet. Erst sah er nichts. Nur Dunkelheit. Doch dann konnte er das Schaf schemenhaft erkennen. Er packte es und schlang seine Arme um den wollenen Körper.

„Zieh mich raus!“, befahl er Anonymus, und mit ein paar wenigen kräftigen Schlägen seiner Schwingen gewannen sie schnell an Höhe. Henry hatte das Gefühl, dass seine Arme aus den Schultergelenken gekugelt würden, so schwer war das mit Wasser vollgesogene Schaf. Zu allem Überfluss versuchte sich das dumme Tier aus seinem Griff zu lösen und bockte wie wild.

Kurz bevor es ihm aus den Händen rutschen konnte, griff Henry in Gedanken nach dem zarten Faden, der ihn mit dem Schaf verband. Er versuchte das Tier zu beruhigen. Und irgendwann gelang es ihm. Es hörte auf zu strampeln und blökte nur noch hin und wieder vorwurfsvoll.

Behutsam setzte Anonymus die beiden auf der Aue ab.

Vor Aufregung und vor Kälte schlotterten Henry und dem Schaf die Knie. Und während alle anderen wild durcheinanderriefen, tat Lucy das einzig Richtige. Sie rief nach ihrem Drachen und bat Wellentänzerin, Henry und das Schaf trocken zu föhnen.

Bis auf eine kahle Stelle am Hintern sah das Schaf im Nu aus wie ein riesiger fluffiger Schneeball. Es blökte ein letztes Mal vorwurfsvoll in Arthurs Richtung und trabte zurück zu seiner Herde.

„Gerade noch mal gut gegangen“, stellte Master Duncan fest. Arthur und Pyrothargas sahen betreten zu Boden.

„100 % negativ“, murmelte Arthur. „Danke, Henry. Du hast mir mal wieder den Hintern gerettet.“

„Nee, dem Schaf!“, ätzte Timothy.

„Ich glaube, wir lassen es für heute gut sein", stellte Master Duncan fest. „Steigt ein, wir fahren zurück zur Wolkenburg."

Die Schüler nickten und machten sich daran, in den Planwagen zu klettern. Henry wollte sich gerade auf die Ladefläche schwingen, als Master Duncan nach ihm rief. „Henry! Setz dich zu mir auf den Kutschbock. Wir haben was zu bereden."

„Erzähl!", forderte ihn Master Duncan ohne Umschweife auf, als sie den schmalen Weg zurück zur Wolkenburg entlangrumpelten.

Nach Henrys letztem Abenteuer bei Lady Blackstone hatte er dem Master das Versprechen geben müssen, keine Geheimnisse mehr vor ihm zu haben. Und er hatte sich fest vorgenommen, sich daran zu halten. Also berichtete er haarklein, was passiert war.

Master Duncan blickte stumm und mit zusammengekniffenem Auge aufs Meer hinaus. Als Henry schon nicht mehr damit rechnete, dass er etwas erwidern würde, ergriff Master Duncan das Wort.

„Wusstest du, dass die Blattfinger auch die Könige des Waldes genannt werden?", fragte der Lehrer.

Henry schüttelte den Kopf.

„Ganz früher lebten sie dort im Einklang mit der Natur. Sie sorgten für das Gleichgewicht der Kräfte und beschützten die Schwachen." Master Duncan tippte sich an die Stirn. „Ihre Hörner ..."

„... sehen so aus wie Hirschgeweihe“, ergänzte Henry.

„Ganz genau. Man sagt, dass sie über die vielen Enden ihrer Hörner nicht nur das Band zum Menschen, sondern zu allen möglichen Lebewesen knüpfen können.“

„Wirklich?“, fragte Henry überrascht. „Und ich kann das auch lernen?“

Master Duncan hob seine mächtigen Schultern. „Bei dir wundert mich ehrlich gesagt schon lange nichts mehr.“ Vor Verlegenheit fingen Henrys Ohren an zu glühen. Er hoffte, dass Master Duncan es nicht bemerkte. Doch der starrte weiter aufs Meer und war mit seinen Gedanken beschäftigt. „Kennst du den Wahlspruch des siebten Clans?“, fragte er.

Natürlich kannte Henry ihn nicht.

„Tausend Augen, tausend Ohren, tausend Zungen werden mit uns sein!“ Master Duncan wog den Kopf hin und her. „Vielleicht hat das Motto ja was mit der Fähigkeit der Blattfinger zu tun.“

„Tausend Zungen“, wiederholte Henry leise. „Gibt es eigentlich Neuigkeiten zu Lady Blackstone?“

Als er ihren Namen ausgesprochen hatte, wurde der Mund unter dem dichten Schnurrbart seines Lehrers zu einem schmalen Strich. Er schüttelte den Kopf. „Nichts. Wir lassen sie aber, so gut es geht, beobachten.“ Dann wechselte der Lehrer abrupt das Thema. „Anonymus hat dir den Namen seines Reiters immer noch nicht genannt, oder?“

„Leider nein, Fehlanzeige.“ Henry ließ enttäuscht den

Kopf hängen. Er hatte so sehr gehofft, dass seine Gabe endlich zu etwas gut wäre.

Master Duncan räusperte sich. „Ich glaube, Anonymus ist wie ein ungezähmtes Wildtier. Und je länger es dauert, bis er seinen Reiter findet, desto wilder wird er. Du bist seine einzige Verbindung zu uns Menschen. Aber dein Drache ist Phönix. Und auch wenn du das Band zu Anonymus knüpfen kannst, ist es nicht dasselbe."

„Ich weiß", murmelte Henry. Und er wusste auch, dass sie nicht mehr viel Zeit hatten, um Anonymus' Reiter endlich zu finden.

Du hast echt ein Band zu dem Schaf geknüpft?“, fragte Arthur.

Henry nickte. Sie saßen im großen Speisesaal beim Abendessen. Es gab Lammeintopf. Eigentlich eines von Henrys Lieblingsgerichten, doch nach der Schaf-Rettungsaktion wollte es ihm nicht so recht schmecken.

„Ich habe noch nie davon gelesen, dass es möglich ist, ein Band zu einem Tier zu knüpfen, das kein Drache ist. 100 % außergewöhnlich“, staunte Arthur.

Timothy grinste. „Falls Phönix also irgendwann keine Lust mehr auf dich haben sollte, kannst du immerhin noch auf einem Schaf durch die Gegend reiten.“

„Das ist nicht witzig“, schoss Henry zurück.

Chloé lächelte verträumt. „Ich stell mir das wunderbar vor, auch mit anderen Tieren ein Band zu knüpfen.“

Unterdessen hatten sich Master Finley und Mistress Leonella vom Lehrertisch erhoben. Master Finley klopfte mit seinem Silbermesser gegen den großen Kristallkelch, der vor ihm stand.

„Schüler von Sieben Feuer, Reiter der Drachen, Bewahrer des Bündnisses, Ladys und Gentlemen!“, begann Master Finley mit feierlicher Stimme. „Darf ich kurz um eure Aufmerksamkeit bitten?“

Alle Augenpaare waren auf ihn gerichtet, und man konnte sehen, wie sehr er seinen Auftritt genoss. Ganz anders als die kleine Mistress Leonella, die sich nervös ihre zu große feuerrote Brille zurück in ihr kleines eulenartiges Gesicht schob.

„Der fabelhaften Mistress Leonella und meiner Wenigkeit ist es gelungen, den Grenzenlossaft zu brauen.“ Er hielt kurz inne. „Zumindest glauben wir das.“

Mistress Leonella nickte zustimmend, und ihre Brille rutschte erneut in Richtung Nasenspitze.

Grenzenlossaft? Henry blickte fragend in Arthurs Richtung.

„Damit können Drachen angeblich die goldene Grenze überwinden. So, wie wir es damals mit den Goldsäcken gemacht haben. Ich dachte aber eigentlich, das wäre nur eine alte Legende“, raunte er ihm zu.

„Die Rezeptur war lange in Vergessenheit geraten“, fuhr Master Finley fort. „Nun ja, sie war auch Jahrhunderte nicht vonnöten, da unsere Drachen verborgen vor den Augen der Menschheit im Schutze von Sieben Feuer lebten.“ Er machte wieder eine Pause. „Doch durch die jüngsten Entwicklungen“, sein Blick wanderte zu Henry und seinen Freunden, „müssen wir vorbereitet sein.“

Zustimmendes Gemurmel war zu hören. Und Henry merkte, wie ein paar Schüler ihn misstrauisch beäugten.

„Ruhe!", donnerte Master Duncan, und augenblicklich wurde es wieder still.

„Wir benötigen mutige Reiter und Drachen, die sich bereit erklären, den Saft zu testen und hinter die goldene Grenze zu fliegen. Freiwillige vor!", schloss Master Finley seine Rede.

Edward und Timothy sahen erwartungsvoll in die Runde. Arthur schüttelte den Kopf. „100 % negativ. Mein Bedarf an Abenteuern ist fürs Erste gedeckt."

„Henry, was ist mit dir?", wollte Edward wissen. Und obwohl es Henry in den Fingern juckte, schüttelte er ebenfalls den Kopf. „Nein, danke. Ich muss nicht immer den Helden spielen. Ihr seht ja, wie beliebt das macht."

An den anderen Tischen waren ebenfalls Diskussionen im Gange. Nur der sechste Jahrgang hatte sich geschlossen erhoben. Unter ihnen Fiona, Marc und Dex, die das beste Drachenballteam der Schule stellten. Dex warf Henry einen herablassenden Blick zu und formte mit den Lippen überdeutlich das Wort *Feigling*.

Henry versuchte ihn zu ignorieren. Doch seine Faust krallte sich so fest in das Tischtuch, dass sein Eintopf gefährlich nah an den Rand der Tischplatte gerutscht war.

Lucy tätschelte ihm beruhigend die Hand. „Nicht ärgern", sagte sie. „Wenn dir gleich der Eintopf in den Schoß fällt, wird es richtig peinlich."

Seine Finger entspannten sich, und Lucy strich die Tischdecke wieder glatt.

„Siehst du, war doch gar nicht so schlimm." Master Finley tauschte einen kurzen Blick mit Master Duncan und Mistress Dora, die beide nickten.

„Es ist entschieden. Der sechste Jahrgang wird sich geschlossen der Herausforderung stellen. Wir danken euch für euren Mut. Meldet euch nach dem Essen bei Mistress Leonella und mir."

Die Halle brach in Applaus aus. Henry ignorierte Dex, machte aber ein Daumen-nach-oben-Zeichen in Marcs Richtung, der ihn daraufhin breit anlächelte.

Nach dem Abendessen schlenderte Henry mit Lucy durch den Innenhof der Wolkenburg. Die Tage waren mittlerweile wesentlich länger geworden. Die Sonne stand immer noch tief am Himmel und tauchte die Mauern der Wolkenburg in ein goldenes Licht. „Kommst du mit zum Seerosenteich? Wellentänzerin und ich wollten noch ein paar Sprünge üben."

Henry schüttelte bedauernd den Kopf. „Wenn ich nicht durch Master Nicolas' Prüfung rasseln will, muss ich mich wohl oder übel mit Happys ehemaligen Reitern beschäftigen."

„Henry McGregor geht freiwillig in die Bibliothek? Hast du etwa Fieber? Wirst du krank?" Lucy legte ihm die Hand auf die Stirn.

Henry griff nach ihrer Hand. „Quatsch!", sagte er empört. „Ich habe Phönix Bescheid gesagt, dass er mich abholen und zu Happy fliegen soll, damit mir der alte Griesgram die Sachen beibringt."

„Na, der wird begeistert sein", lachte Lucy.

Wie aufs Stichwort tauchte Phönix am Himmel auf und landete vor dem schweren Eingangstor der Wolkenburg.

„Ich geh dann mal“, sagte Henry und bemerkte, dass er immer noch Lucys Hand hielt. Er zögerte.

„Alles okay bei dir?“, fragte Lucy. Henry nickte. Sie drückte seine Hand und ließ ihn los. „Dann büffelt mal ordentlich.“

Sie drehte sich um und hüpfte barfuß davon.

Henry! Hast du mich etwa nicht gesehen?, fragte Phönix ungeduldig, nachdem er das Band zu ihm geknüpft hatte.

„Ich komme“, sagte Henry knapp und setzte sich in Bewegung.

Gedankenverloren trat er durch das Burgtor, kletterte den Rücken seines Drachen hinauf und nahm hinter der dreizehnten Schuppe des Rückenkamms Platz.

Du bist ja seltsam drauf, wunderte sich Phönix.

„Hä? Was? Bringst du mich nun endlich zum gähnenden Abgrund, oder nicht? Ich muss Happy um einen Gefallen bitten.“

Ist ja schon gut. Ein junger Drache ist übrigens kein Planwagenpferd. Wenn ich dich durch die Gegend fliege, dann weil ich das will und nicht weil du es befiehlst, sagte Phönix und stieß sich mit seinen baumdicken Hinterläufen vom Boden ab. Nach wenigen Flügelschlägen wurde die Wolkenburg unter ihnen klein. *Nach der Sache mit den Schafen ist Happy übrigens ziemlich mies drauf. Ich bin mir nicht sicher, ob er einen …*

Phönix hielt mitten im Satz inne, und Henry spürte, wie er das Band zwischen ihnen enger knüpfte.

Das ist ja ein Ding, stutzte der Drache. Er vergaß kurzzeitig, mit den Flügeln zu schlagen, und sie sackten einige Meter ab.

„Was ist los?", fragte Henry alarmiert.

Das ist ja ein Ding!, freute sich Phönix nun.

„Was denn genau?"

Phönix schoss Richtung Himmel und drehte einen Looping.

Deine Gefühle für Lucy. Ich kann sie spüren. Fühlt sich toll an. Mein Bauch kribbelt, mein Herz schlägt schneller, und irgendwie sieht die Welt um uns herum gerade ganz rosig aus.

„Blödsinn!", verteidigte sich Henry, der Mühe hatte, nicht von Phönix' Rücken zu fallen. Er presste seine Beine fest an den Körper des Drachen und umklammerte die Schuppe vor sich. „Solche Gefühle hat man nur, wenn man verliebt ist", sagte er angeekelt.

In Lucy! Du bist in Lucy verliebt, jubelte Phönix.

„Ich bin nicht verliebt! Ich bin doch erst elf Jahre alt!", rief Henry entrüstet.

Fast zwölf, entgegnete Phönix. *Und unser Band lügt nicht. Ich spüre es ganz deutlich,* rief er vergnügt.

„Du hast sie ja nicht alle!" Eilig versuchte Henry die Gedanken an Lucy ganz tief in seinem Herzen zu verstecken. Doch es gelang ihm nicht, sie vor Phönix zu verbergen.

Einigen wir uns darauf, dass du sie sehr gernhast, bot Phönix großzügig an.

Henry nickte. Darauf konnte er sich einlassen. Arthur und Timothy hatte er schließlich auch sehr gern.

„Ab jetzt kein Wort mehr darüber", forderte er.

Phönix gluckste vergnügt.

Duck dich!, befahl Phönix, als sie sich dem Eingang der Drachenhöhle näherten.

Er legte die Flügel an und schoss durch das Loch in der Felswand in die Drachenbehausung, die er sich mit Happy und Anonymus teilte. Im nächsten Augenblick stemmte er seine Beine nach vorne und fuhr die Krallen aus, um die Landung abzubremsen. Ein hässliches Kreischen ertönte, und Funken stoben auf, als sich Phönix' Krallen in den felsigen Boden der Höhle gruben.

Happy erwachte und rappelte sich auf.

Was soll der Radau? Ach, du schon wieder!, schnauzte er Henry an, als er ihn auf Phönix' Rücken entdeckte.

Henry kletterte von seinem Drachen. „Sei gegrüßt, edler Teufelsgrind", begrüßte er Happy besonders höflich.

Du willst doch was, Zwerg!, herrschte ihn der alte Drache an.

Henry seufzte. Das würde echt nicht einfach werden!

Vorsichtig tastete er sich in der Höhle vorwärts. Die Sonne war zwar noch nicht untergegangen, doch hier drin war es auch tagsüber finster. Seine Augen mussten sich erst an die Dunkelheit gewöhnen. Der eigentümliche Geruch der Drachen nach Schwefel, Eisen und verbranntem Pfeffer stieg ihm in die Nase, als er tiefer in die Höhle trat.

Es würde keinen Sinn machen, um den heißen Brei herumzureden. Also beschloss Henry, direkt zur Sache zu kommen: „Ich brauche deine Hilfe." Er räusperte sich und berichtete ihm, was er auch schon Phönix erzählt hatte.

Soso. Du willst also die Geschichte meiner Reiter erzählt bekommen?

Henry nickte.

Der Teufelsgrind hatte sein Haupt erhoben und blickte hochmütig auf Henry hinab.

Darf ich fragen, wo du heute warst, als ich dich um Hilfe gebeten habe? Als diese wollenen Stinktiere mich umzingelt haben?

Henry musste ein Grinsen unterdrücken, als er daran dachte.

„Äh, ich war mir ziemlich sicher, dass du dir selbst helfen konntest. Zum Beispiel hättest du einfach wegfliegen können."

Ha! Im Nachhinein kluge Ratschläge geben. Das habe ich besonders gerne.

Henry ließ sich auf dem Boden der Höhle nieder und saß nun im Schneidersitz vor Happy. „Hilfst du mir nun oder nicht?"

Der Teufelsgrind ließ sich mit seiner Antwort Zeit. Schließlich sah Henry, wie es in den smaragdgrünen Augen mit den schmalen Pupillen aufblitzte.

Meine Schuppen müssten mal wieder poliert werden, entgegnete der Teufelsgrind. *Wenn du mir mein Schuppenkleid auf Hochglanz polierst, werde ich dir derweil die Geschichte meiner Reiter erzählen.*

Henry stöhnte innerlich auf. Aber er wusste, dass er keine Wahl hatte, wenn er wollte, dass Happy ihm half. Doch gerade als er auf Happys Rücken klettern wollte, landete Anonymus in der Höhle. Henry hatte nicht vergessen, auf welche Weise der Drache am Morgen das Band zu ihm geknüpft hatte. Und so, wie sich Anonymus am Höhleneingang rumdrückte, konnte man trotz der Dunkelheit in der Höhle das schlechte Gewissen spüren, das ihn plagte.

Happy grummelte. *Los, schafft das aus der Welt. Ich warte, bis ihr euch vertragen habt.*

Der alte Teufelsgrind hatte recht. Also versuchte Henry das Band zu dem Blattfinger zu knüpfen. Doch der Drache wand sich wie ein nasser Aal. Immer wieder zuckte er zurück und versteckte seine Gedanken und Gefühle. Irgendwann wurde es Henry zu bunt. Er durchschritt die Höhle und baute sich vor ihm auf. Er suchte den Blick des Drachen, der kindischerweise seine Augen zukniff. Henry wartete seufzend. Als Anonymus kurz blinzelte, fing er seinen Blick auf und knüpfte gleichzeitig das Band zu ihm.

Was machst du denn hier?, tat Anonymus überrascht.

„Pfff", machte Henry in Gedanken und stemmte die Arme in die Hüften. „Wie wäre es mit einer Entschuldigung?"

Wieso?, fragte der Blattfinger gedehnt.

„Weil du mich auf der Heulenden Aue total überrumpelt hast. Ich hätte dir mit dem Schaf auch geholfen, wenn du einfach nur nett gefragt hättest."

Ich war … es war … wir mussten schnell … Der Blattfinger verstummte. *Ich weiß, und es tut mir leid,* sagte er schließlich kleinlaut.

Henry musste grinsen. „Entschuldigung angenommen." Er tätschelte Anonymus die Vorderklaue.

Über die letzten Wochen war der Drache gewachsen. Die Zehen seiner Pranke waren mittlerweile so dick wie die Oberarme von Mistress Dora. Und die Saugnäpfe, die er statt Krallen hatte, waren tellergroß.

Mit einem schmatzenden Geräusch saugte sich eine seiner Zehen an Henrys Brust fest. Der Drache zog Henry zu sich und leckte ihm mit seiner langen gespaltenen Zunge durchs Gesicht.

„Bäh", stieß Henry hervor und versuchte sich aus der seltsamen Umarmung zu befreien.

Doch Anonymus knüpfte das Band nur enger. Und wieder fühlte es sich ähnlich an wie auf der Heulenden Aue. Henry blieb fast die Luft weg.

„Ruhig", befahl er Anonymus. „Lass es langsam angehen." Und schließlich schafften sie es, ein Band zu knüpfen, das ihnen beiden genug Raum zum Atmen ließ.

Happy und Phönix beäugten die beiden kritisch.

„Master Duncan hat recht, du wirst immer wilder", stellte Henry fest.

Ich weiß, entgegnete Anonymus kleinlaut. *Ich hätte so gerne meinen eigenen Reiter. Wenn wir beide zusammen sind, fällt es mir leichter, mich zu zügeln. Aber du gehörst zu ihm.* Mit einem leichten Anflug von Eifersucht deutete er mit seinen gegabelten Hörnern auf Phönix.

„Die Master fragen mich immer wieder, ob du mir nicht einen Namen nennen kannst. Oder das Bild von jemanden zeigen, der dein Reiter sein soll", sagte Henry.

Anonymus schüttelte traurig sein mächtiges Haupt. *Sosehr ich mich auch anstrenge, da taucht niemand vor meinem inneren Auge auf. Und ich habe das Gefühl, je länger es dauert, desto schwieriger wird es, jemanden zu finden.*

„Versuch nicht es zu erzwingen", riet Henry ihm. Er kratzte sich am Hinterkopf. „Aber aufgeben darfst du natürlich auch nicht."

Toller Rat, murrte Anonymus.

Henry hob die Schultern. Was Besseres fiel ihm im Moment auch nicht ein. „Sag mal, das Schaf ...", wechselte er das Thema.

Hast du es auch gespürt?, fragte Anonymus aufgeregt.

Henry nickte. „Ich glaube, dass ich es wegen der Verbindung zu dir spüren konnte."

Ich kann zu allen Tieren eine Verbindung knüpfen, sagte Anonymus stolz. *Außer zu anderen Drachen. Und zu meinem Reiter, den finde ich leider auch nicht,* ergänzte er frustriert. *Das Band zu Tieren ist aber anders als das Band zu dir,* fuhr er fort. *Viel schwächer. Meist sind es nur Gefühle. Oder verschwommene Bilder. Aber es hilft, nicht ganz so einsam zu sein.*

Henry bekam ein schlechtes Gewissen und nahm sich vor, in Zukunft häufiger das Band zu Anonymus zu knüpfen. „Ich fände es toll, wenn du mir das mit den anderen Tieren noch ein bisschen besser erklären könntest. Jetzt muss ich mir aber erst mal von dem alten Griesgram dahinten ...", er deutete in den dämmrigen Teil der Höhle, „... alles über seine ehemaligen Reiter berichten lassen. So will es unser Master in Drachenkunde."

Wow, sagte Anonymus. *Darf ich zuhören?*

Henry stöhnte, doch er versteckte das Gefühl schnell im hintersten Winkel seines Herzens. Schließlich wollte er Anonymus nicht verletzen.

„Klar", sagte er großzügig, auch wenn das bedeutete, dass er das Band zu drei Drachen gleichzeitig knüpfen musste. Während Happy ihm berichtete, würde er parallel an Phönix und Anonymus übersetzen und dabei dem alten Teufelsgrind die Schuppen polieren.

Mäßig gut gelaunt trottete er zurück in die Höhle und kletterte auf Happys Rücken.

Fang mit den Schuppen des Rückenkamms an. Am besten, du arbeitest dich vom Kopf bis zur Schwanzspitze vor.

Ich erwarte, dass die Schuppen heller blinken als die Sterne in einer wolkenlosen Neumondnacht. Und wehe, du berührst mein Horn!

„Wenn's weiter nichts ist", seufzte Henry, stieg dem Grind in den Nacken und begann, die feuerrote und warndreieckgroße Schuppe zu bearbeiten, die dem Drachen direkt hinter seinen Hörnern wuchs.

Der Teufelsgrind schnurrte wohlig und begann zu erzählen: *Vor über siebenhundert Jahren, um genau zu sein vor siebenhundertsechzehn Jahren,*

war ich es, der den Pakt mit den Menschen schloss, um das Überleben der Drachen und der sieben Clans zu sichern. Ich war es, der das Bündnis der Sieben Feuer gründete. Mir ist es zu verdanken, dass heute immer noch die letzten magischen Wesen auf dieser Erde wandeln, begann er stolz. *Es bedurfte also nicht mehr als eines jungen mutigen Teufelsgrinds wie mich, um Drachen und Menschen miteinander zu versöhnen. Zwei gegen den Rest der Welt. Nur zwei!*, wiederholte er theatralisch.

Gerührt von sich selbst hielt der Teufelsgrind inne.

„Boah, wenn diese gefühlsduselige Lobhudelei so weitergeht, setze ich mich doch lieber in die Bibliothek“, raunte Henry Phönix und Anonymus zu, die leise anfingen zu kichern. Dabei stießen sie unkontrolliert kleine Rauchwölkchen aus ihren Nüstern.

Happy beäugte sie argwöhnisch.

Hast du was gesagt, Zwerg?, fragte er streng.

„Ich? Äh, nee“, beeilte sich Henry zu sagen und polierte mittlerweile kräftig an der dritten Schuppe weiter.

Unterbrich mich gefälligst nicht, sagte der Drache ungnädig und fuhr fort. Wie sich herausstellte, war er ein hervorragender Erzähler! Und bald hörte er sogar auf, sich selbst zu loben.

Henry vergaß die Zeit. Anfangs hatte er noch Schwierigkeiten, das Band zu drei Drachen auf einmal zu knüpfen. Doch schon bald hatte er den Dreh raus und wiederholte die Sätze des alten Teufelsgrinds ganz automatisch für die beiden jungen Drachen, die gebannt seinen Gedanken lauschten.

Irgendwann war Henry an der Schwanzspitze des Drachen angekommen. Er streckte sich, öffnete und schloss seine müden Hände und begutachtete sein Werk. Die Schuppen des Kamms funkelten im Mondlicht. Sie zogen sich wie ein roter Blitz über den Rücken des alten Drachen.

Und so endet die glorreiche Geschichte vom ersten Drachen und seinem Reiter, schloss Happy.

Tolle Geschichte, freute sich Phönix.

Total spannend, rief Anonymus. Die beiden klopften mit ihren Schwanzspitzen Beifall auf den steinernen Höhlenboden, während Henry in die Hände klatschte.

Zufrieden lächelte der alte Teufelsgrind und gähnte. *Genug, genug,* ließ er Henry wissen. *Ich bin jetzt müde und will schlafen.*

Henry blickte auf seine Uhr und erschrak. Es war bereits weit nach Mitternacht. Die Zeit war verflogen. Und er hatte gerade mal die Geschichte eines Reiters gehört!

„Du erzählst viel zu langsam", beschwerte er sich bei Happy. „Die Prüfungen sind schon Ende des Monats, und du musst mir noch von 100 weiteren Reitern berichten!"

101, berichtigte ihn der Teufelsgrind. *Und ich erzähle in dem Tempo, das mir gefällt. Was kann ich dafür, dass mein Leben so reich an Heldentaten und Abenteuern ist?*

Henry stöhnte und fragte sich, ob man ganz ohne Schlaf auskommen konnte. Doch das Gähnen, das sich anschlich und ihn den Mund so weit aufreißen ließ, als wollte er ein ganzes

Spanferkel auf einmal vertilgen, machte ihm klar, dass das keine gute Idee war.

Er bat Phönix, ihn zurück zur Wolkenburg zu fliegen. Vielleicht konnte er ja einfach schneller schlafen als alle anderen.

Leider konnte er *nicht* schneller schlafen als alle anderen. Am nächsten Morgen saß Henry todmüde, hungrig und schlecht gelaunt neben Lucy im Unterricht von Mistress Dora. Das Frühstück hatte er verschlafen. Doch Lucy hatte ihm netterweise ein paar Scones mitgebracht, die sie ihm nun unter dem Tisch zuschob.

Henry achtete peinlichst darauf, ihre Hand nicht zu berühren, als er die noch warmen kartoffelgroßen Brötchen entgegennahm.

„Ganz schön trocken", beschwerte er sich. „An Orangenmarmelade hast du nicht zufällig gedacht, oder?"

Lucy rollte die Augen. „Ohrfeigenmarmelade hätte ich im Angebot. Willst du davon was haben?"

„War ja nur 'ne Frage", murrte Henry. „Ganz schön empfindlich heute!"

Von wegen verliebt! Henry hätte am liebsten sofort das Band zu Phönix geknüpft, um ihm zu beweisen, dass er gestern so was von falschgelegen hatte. Doch sein Drache schlief noch tief und fest.

Henry gähnte und blickte sich verwundert um. Sie saßen in Mistress Doras Nähstube. Hier waren ihre Drachenballuniformen geschneidert worden. Ganz anders als in der stickigen, heißen Schmiede war es in diesem Raum schön ruhig und kühl.

Mistress Dora hatte die schweren Vorhänge vor das große Sprossenfenster gezogen, sodass der Raum im Dunkeln lag. Überall standen Kerzen. Ihre zuckenden Flammen ließen die Schatten der Schneiderpuppen gespenstisch tanzen.

Sie saßen alle um einen großen Tisch in der Mitte des Raumes. Mistress Dora zündete noch die letzten Kerzen an, dann gesellte sie sich zu ihnen. Henry wischte schnell ein paar verräterische Krümel weg, die vor ihm auf der samtschwarzen Tischdecke lagen.

Mit großer Geste rollte die Lehrerin einen kreisrunden ledernen Lappen vor ihnen auf dem Tisch aus und strich ihn glatt, sodass er keine einzige Falte mehr warf. Auf dem hellen, fast weißen Leder waren mit rostbrauner Farbe drei sich überschneidende Kreise gemalt worden. Darin waren seltsame Schriftzeichen zu erkennen, die Henry nicht entziffern konnte. Um die Kreise herum waren Zeichnungen ihrer Drachen, die sich mit den zwölf Sternzeichen abwechselten.

„Die Spielwiese der Wahrheit", erklärte Mistress Dora knapp und stellte einen schwarzen Becher neben das runde Leder. Er erinnerte Henry an die Würfelbecher, die er von den Kniffelspielen mit seiner Mum kannte.

„Das Drachenorakel", staunte Arthur ehrfürchtig. „Wer es beherrscht, wird die Wahrheit erkennen und in die Zukunft sehen."

„Arthur klingt mal wieder wie irgend so ein Supergelehrter", raunte Henry Lucy zu.

„Ganz genau. Wie William Mayweed", erwiderte Lucy knapp. Als sie die Fragezeichen über Henrys Stirn sah, seufzte sie. „Unsere Hausaufgaben für heute? Die ersten drei Kapitel aus *Einführung in das Drachenorakel* von William Mayweed?"

„Einführung *worin*?", fragte Henry verdutzt.

„Du bist echt ein hoffnungsloser Fall", zischte Lucy.

Da griff Mistress Dora den Würfelbecher und schüttelte ihn. Ein hohles Rappeln war zu hören.

„Das hier ist das letzte vollständige Drachenorakel der Welt", erklärte sie und blickte jedem ihrer Schüler tief in die Augen. „Wenn ihr damit arbeitet, werdet ihr es hüten wie eure Augäpfel. Wer einen Drachenstein verliert", sie schüttelte erneut den Becher, „wird ihn durch eins seiner eigenen Augen ersetzen müssen." Sie machte eine dramatische Pause. „So, wie es vor euch bereits Master Duncan ergangen ist."

Chloé schlug sich eine Hand vor den Mund, während Edward und Timothy sich bestürzt ansahen.

„100 % negativ", flüsterte Arthur Lucy und Henry zu, und Mistress Dora blinzelte verräterisch.

„Das war natürlich nur Spaß. Dennoch, es wäre verdammt schade, wenn das letzte Orakel verloren gehen würde. Geht also pfleglich damit um", bat sie ihre Schüler.

„Es gab noch ein weiteres“, ergänzte Arthur. „Im Naturkundemuseum von London. Man hatte es wohl fälschlicherweise für ein altes Keltenspiel gehalten und dem Museum übergeben. Doch vor einiger Zeit ist es gestohlen worden.“

Mistress Dora nickte. „Arthur hat recht. Eine seltsame Geschichte. Normalerweise hätten wir, das Bündnis der Sieben Feuer, es in unseren Besitz gebracht. Ihr wisst ja, dass wir alles, was auf die Existenz unserer Drachen hindeutet, nach Sieben Feuer schaffen, um es vor der Menschheit zu verbergen. Drei unserer besten Reiter waren bereit, es an sich zu bringen. Doch in der Nacht, bevor sie es stehlen konnten, ist ihnen jemand zuvorgekommen.“

Sie hielt inne.

„Seltsamerweise ist weiter nichts aus dem Museum entwendet worden.“

„Was will man im Naturkundemuseum auch schon stehlen?“, witzelte Timothy. „Sicher kein Dinosaurierskelett.“

Mistress Dora nickte. „Deshalb waren wir auch ziemlich beunruhigt. Nur jemand, der wusste, dass es sich um ein Drachenorakel handelte, hätte das Risiko auf sich genommen, in das Museum einzubrechen.“

„Lady Blackstone“, murmelte Henry.

Mistress Dora nickte erneut. „Damals wussten wir noch nicht, wen wir verdächtigen sollten. Mittlerweile glaube ich aber auch, dass du recht hast, Henry. Das würde der alten Hexe zumindest ähnlich sehen.“

„Und mit diesem Dings kann man die Zukunft voraussagen?", fragte Henry Lucy leise. Er war nun doch neugierig auf den Unterricht geworden.

Lucy nickte ehrfürchtig.

Mistress Dora schüttete den Inhalt des Bechers vor sich auf den Tisch. „Die Drachensteine", sagte sie.

Sie griff nach einem der seltsam geformten Steine und hielt ihn hoch. Henry fand, dass das Ding aussah wie ein abgenagter Hühnerknochen.

„Wer weiß, was das ist?" Der Stein schimmerte rot, als Mistress Dora ihn im Kerzenlicht drehte.

Natürlich war es Arthur, der sich zu Wort meldete.

„Das ist ein Knochen aus der Augenhöhle eines verstorbenen Drachen. Auch Drachenstein oder Seherstein genannt. Da er rot schimmert, nehme ich an, dass er mal einem kaukasischen Vierhorn gehört hat."

Timothy machte große Augen. Schließlich war sein Drache Königsblut ein kaukasisches Vierhorn.

„Wow", staunte er. „Das Orakel besteht aus Knochen unserer Drachen?"

„Und noch einer, der seine Hausaufgaben nicht gemacht hat", flüsterte Lucy Henry zu.

„Timothy wird mir von Tag zu Tag sympathischer", entgegnete Henry.

Unterdessen hatte Mistress Dora die restlichen Drachensteine vor sich ausgebreitet. Die Knochen hatten die unterschiedlichsten Farben. Es gab rote, gelbe, grüne, orangefarbene, weiße und bunt schimmernde Knochen.

„Das Drachenorakel besteht aus insgesamt 35 Drachensteinen“, erklärte sie. „Jede Drachenart steuert fünf Knochen zum Orakel bei. Außer den Zwillingsdrachen. Die kaukasischen Vierhörner sind mit zehn Knochen vertreten.“ Sie blickte in die Runde. „Wer von euch weiß, welche Knochenfarbe zu welchem Drachen gehört?“

Lucy räusperte sich, doch Arthur kam ihr zuvor.

„Kaukasisches Vierhorn: rote Knochen. Maskara: bunte Knochen. Mönchshaube: gelbe Knochen. Teufelsgrind: orangefarbene Knochen. Blattfinger: grüne Knochen. Aquamarin: weiße Knochen“, leierte er herunter, während alle anderen aufgestanden waren und neugierig das bunt schimmernde Knochensammelsurium begutachteten.

„Ganz schön gruselig“, hauchte Chloé.

Mistress Dora sammelte die Knochen wieder ein und ließ sie in den Becher gleiten.

„Dann wollen wir doch mal schauen, wer seine Hausaufgaben für heute nicht gemacht hat.“

Sie schüttelte den Becher. „Um eine Weissagung zu machen, müsst ihr als Erstes eine Frage stellen. Dann nehmt ihr blind fünf Drachensteine aus dem Becher und werft sie auf das Feld der Wahrheit.“

Sie griff in den Becher, schüttelte die Knochen in ihrer Faust und warf sie auf den weißen Lederkreis.

Alle starrten auf die Spielwiese.

„Und jetzt?“, fragte Timothy in die gebannte Stille.

Mistress Dora ließ sich in ihrer Konzentration nicht stören. Schließlich blickte sie auf. „Du, Timothy, und du, Henry. Ihr habt nicht eine Silbe aus *Einführung in das Drachenorakel* von William Mayweed gelesen. Habe ich recht?“, sagte sie streng.

„Beeindruckend“, hauchte Chloé.

Edward hingegen war nicht überzeugt. „Ich will Ihnen ja nicht zu nahe treten, aber das hätte ich Ihnen auch sagen können, ohne die Knochen zu werfen.“

Mistress Dora grinste. Wortlos sammelte sie die Drachensteine wieder ein und warf sie zurück in den Becher. Aus einem ihrer Regale zog sie ein Kästchen hervor, kramte darin herum und fischte einen aus Horn geschnitzten Knopf heraus.

Die Lehrerin gab ihn Edward und drehte ihren Schülern den Rücken zu. „Reicht den Knopf herum“, befahl sie. „Einer von euch soll ihn in seiner Faust verstecken. Wenn ihr so weit seid, legt ihr eure Fäuste auf den Tisch und gebt mir Bescheid.“

Sie folgten der Anweisung. Der Knopf befand sich gut verborgen in Timothys linker Faust. Sie gaben Mistress Dora Bescheid und warteten gespannt darauf, was als Nächstes passieren würde. Mistress Dora klaubte erneut fünf Knochen aus dem Becher und warf sie auf die Spielwiese der Wahrheit. Ihre Stirn hatte sich in Falten gelegt, als sie konzentriert auf das Knochenbild starrte.

Schließlich deutete sie auf Chloé.

„Seht ihr, alles Humbug“, flüsterte Edward triumphierend, doch Mistress Dora ignorierte seinen Einwand.

„Nimm deine Hände vom Tisch, Chloé“, befahl sie und warf die Knochen erneut. „Henry, Lucy und Arthur! Ihr auch.“

Die Kinder waren verstummt. Nur noch die Fäuste von Edward und Timothy waren auf der Tischplatte verblieben, als Mistress Dora erneut warf.

„Edward. Wenn ich dich bitten darf?“, sagte Mistress Dora und warf ein letztes Mal.

Dann deutete sie auf Timothys linke Hand. „Gibst du mir bitte den Knopf zurück?“

Sprachlos und mit offenem Mund reichte er ihr den Knopf.

Die anderen applaudierten. Bis auf Edward. Er war immer noch nicht überzeugt. „Das könnte auch Zufall gewesen sein“, sagte er und verschränkte die Arme vor der Brust.

„7 %“, gab Arthur zu bedenken. „Die Wahrscheinlichkeit, dass Mistress Dora die richtige Faust erraten würde, lag bei nur 7 %.“

Sie wiederholten das Experiment. Nachdem Mistress Dora vier weitere Male hintereinander richtiggelegen hatte, war schließlich auch Edward überzeugt.

„Lassen Sie uns Lotto spielen“, rief Timothy begeistert.

Mistress Dora stellte den Becher beiseite und schüttelte den Kopf. „Das funktioniert leider nicht. Je weiter Ereignisse in der Zukunft liegen und je mehr Variablen Einfluss auf den

Ausgang eines Ereignisses nehmen, desto komplizierter wird eine genaue Vorhersage. Zudem ist der Umgang mit dem Drachenorakel eine Kunst aus Wissen und Intuition. Nur den wenigsten ist es vergönnt, das Drachenorakel auch nur im Ansatz zu beherrschen. Ich vermag einige wenige Dinge vorauszusehen", sagte sie bescheiden. „Trotzdem bin ich eine blutige Anfängerin. Die Druiden, die einst dem Bündnis angehörten, haben den Großteil ihres Wissens mit ins Grab genommen. Es ist eine Kunst, die fast gänzlich in Vergessenheit geraten ist."

Arthur nickte. „Ich habe in der Bibliothek zwar siebenundvierzig Bände zur Deutung der Knochenbilder gefunden, doch wenn meine Berechnungen stimmen, stellt das nur einen Bruchteil der Deutungsmöglichkeiten dar."

Mistress Dora schaute in die Runde.

„Will es trotzdem einer von denen, die ihre Hausaufgaben gemacht haben, mal versuchen?" Henry und Timothy machten lange Gesichter und bereuten, dass sie zu faul gewesen waren, sich um den Unterrichtsstoff zu kümmern.

Bei den anderen gab es kein Halten. Natürlich wollte jeder das Orakel ausprobieren. Nacheinander versuchten sich Edward, Chloé und Arthur im Vorhersagen. Mit sehr dürftigen Ergebnissen. Nur Chloé gelang es bei je vier Versuchen ein Mal, die Faust zu finden, in der der Knopf versteckt war. Doch sie gestand den anderen, dass es keine Intuition, sondern nur pures Glück gewesen war.

„Was ist mit dir, Lucy?“, fragte Mistress Dora. „Keine Lust, es auch mal zu probieren?“ Die Lehrerin streckte ihr den schwarzen Becher entgegen.

Lucy nahm ihn widerstrebend.

„Was ist los?“, fragte Henry sie.

Lucy drehte den Becher in ihren Händen. „Meine Großtante, die Schwester meiner Oma, hatte das zweite Gesicht.“

„Ein zweites Gesicht?“, fragte Timothy. „Das könnte Dex mit seiner hässlichen Visage auch gut gebrauchen“, feixte er.

Mistress Dora brachte ihn mit einer Handbewegung zum Schweigen. „Das zweite Gesicht ist eine Bezeichnung für die Fähigkeit, in die Zukunft zu sehen.“

„Ihr wisst ja, dass ich aus einer Zirkusfamilie stamme“, erklärte Lucy. „Und Tante Anjali hat für unsere Gäste die Karten gelegt und in ihren Händen gelesen, um ihre Zukunft vorauszusagen. Sie hat immer betont, dass die Gabe eine große Verantwortung mit sich bringt. Oftmals ist es besser, nicht zu erfahren, was die Zukunft für einen bereithält.“

„Na ja, aber es wird schon niemanden von uns umbringen, wenn du uns sagst, wer diesen Knopf in der Hand hält, oder?“, fragte Timothy und warf den Hornknopf vor sie auf den Tisch.

Lucy kaute auf ihrer Unterlippe und holte schließlich tief Luft. „Okay, also los.“ Mit dem Becher in der Hand stand sie auf und drehte ihnen den Rücken zu.

Anders als Mistress Dora benötigte Lucy lediglich einen einzigen Wurf, um herauszufinden, wer den Knopf in seiner

Hand versteckte. Alle waren begeistert, und Lucy musste ein ums andere Mal beweisen, dass es kein Zufall gewesen war. Nachdem sie sieben Mal hintereinander vorhergesagt hatte, wer den Knopf in der Hand hielt, stellte sie den Becher zur Seite. „Genug", lachte sie. „Das reicht für heute."

Mistress Dora war völlig aus dem Häuschen. Begeistert tanzte sie durch die kerzenbeschienene Nähstube und hätte fast zwei der Schneiderpuppen umgestoßen. „Ich habe noch niemanden erlebt, bei dem die Gabe so stark entwickelt war wie bei dir, Lucy! Dein Talent müssen wir fördern. Es wäre eine Schande, es ungenutzt zu lassen."

Lucy ließ sich von der Begeisterung ihrer Lehrerin und Mitschüler anstecken. So sehr, dass sie die mahnenden Worte ihrer Großtante vergaß, als Henry sie um einen Gefallen bat.

„Kannst du nicht versuchen herauszufinden, wer Anonymus' Reiter werden soll?"

Lucy legte ihre Hand auf den Becher und schüttelte die Drachensteine.

Wäre Mistress Dora nicht mit dem Zurückstellen der Schneiderpuppen beschäftigt gewesen, wäre sie eingeschritten. Doch sie kam zu spät zurück an den Tisch. Lucy hatte blind fünf Steine gezogen und sie auf die Wiese der Wahrheit fallen lassen. Drei grüne Steine, ein weißer und ein orangefarbener waren in die Kreise gefallen. Lucy starrte auf das Bild, das sich ihr bot. Das Lächeln verschwand, und ihre Miene versteinerte. Nur ihre Augen weiteten sich. Gehetzt flog ihr Blick von den grünen zum weißen

Stein und wieder zurück. Schließlich blieb er an dem orangefarbenen Stein haften, und ihre Augen füllten sich mit Tränen.

Mistress Dora hechtete zu ihnen, packte Lucy bei den Schulten und rüttelten sie unsanft hin und her.

„Hey! Was tun Sie da?“, rief Henry.

„Schon gut“, murmelte Lucy.

Mistress Dora hörte auf, sie zu schütteln, klaubte die Knochen von der Spielwiese der Wahrheit auf und ließ sie in den schwarzen Becher zurückfallen.

„Was ist los?“, rief Henry besorgt.

Lucy rieb sich übers Gesicht. In ihren langen dunklen Wimpern glitzerten Tränen. Sie setzte ein schiefes Lächeln auf, das ihr sichtlich Mühe bereitete.

„Nichts, es ist alles gut.“

„Gar nichts ist gut“, widersprach Henry. „Was hast du gesehen?“

Auch die anderen blickten Lucy besorgt an.

„Sag schon“, forderten Arthur und Timothy sie auf. „Was ist da gerade passiert?“

Mistress Dora hatte die Vorhänge zur Seite gezogen und das Fenster aufgerissen. Sonnenlicht und Meeresluft fluteten den Raum, und eine Kerze nach der anderen erlosch.

„Lasst Lucy in Ruhe“, herrschte sie die anderen an. „Geht! Alle miteinander. Wird's bald!“

Einer wütenden Mistress Dora widersetzte man sich lieber nicht. Völlig verdattert verließen die anderen die Nähstube.

Henry blickte sich noch einmal um. Mistress Dora hatte ihre kräftigen Arme um Lucy geschlungen und wiegte sie sanft hin und her. Es schien, als wollte sie sie beschützen.

Vor dem Orakel.

Vor der Prophezeiung.

Vor der Zukunft.

Lucy schwieg. Egal, was Henry und die anderen auch taten, um sie zum Reden zu bringen – Lucy war auch noch Tage nach dem Drachenorakel-Vorfall so gesprächig wie eine maulfaule Auster.

„Du nervst!“, fuhr sie Henry während eines Abendessens an, als er zum gefühlt hundertsten Mal vom Drachenorakel anfing. „Lass es endlich gut sein. Die Macht der Drachensteine hat mich einfach überrollt. Das war wirklich kein schönes Gefühl. Und es macht es nicht besser, wenn du immer wieder damit anfängst. Konzentriere dich lieber aufs Elixiere- und Tränkebrauen. Sonst sitzt du in Mistress Leonellas Unterricht morgen wieder ohne Hausaufgaben rum.“

„Aber irgendwas musst du doch gesehen haben!“, beharrte Henry. „Irgendetwas, das Anonymus helfen könnte, seinen Reiter zu finden.“

Lucy hieb mit ihrer Gabel auf den armen Blumenkohl ein, der vor ihr auf dem Teller lag. „Nein, habe ich nicht. Wie oft soll ich dir das noch sagen?“

Henry ließ nicht locker. „Du hast mir selbst mal gesagt, dass wir keine Geheimnisse voreinander haben dürfen. Dass es genau darum in einer Freundschaft geht. Und jetzt schleichst du dich immer wieder heimlich zu Mistress Dora. Wahrscheinlich um diese dämlichen Drachensteine zu werfen."

„Spionierst du mir etwa nach?"

Lucy knallte ihr Besteck auf den Teller und sprang so impulsiv auf, dass ihr Stuhl nach hinten kippte. Mit einem lauten Rums landete er auf dem Steinboden der großen Halle.

Die Gespräche an den Tischen der anderen Jahrgänge verstummten. Alle Blicke richteten sich auf Lucy, während sie aus dem Saal stürmte.

„Hat die kleine Drachenzunge etwa wieder Gift versprüht?", rief Stewart Todd in die Stille hinein.

Henry war der Appetit vergangen. Er stand auf und stolperte ebenfalls aus dem Saal. Er hatte keine Lust, die gehässigen Blicke und Lacher seiner Mitschüler noch länger zu ertragen.

Die folgenden Wochen waren keine schöne Zeit für Henry. Die Anfeindungen aus den anderen Jahrgängen hatten nach dem Vorfall beim Abendessen wieder zugenommen, seine beste Freundin war sauer auf ihn, und zu allem Überfluss war auch noch die Drachenballsaison vorüber. Sogar das Training hatte Master Duncan eingestellt und ihnen erklärt, dass das Lernen für die Abschlussprüfungen jetzt Vorrang hätte.

Deshalb verbrachte Henry fast jede freie Minute bei seinen Drachen. Mit Phönix trainierte er einfach allein weiter für die Drachenballspiele der kommenden Saison. Mit Anonymus übte er, das Band zu Schafen und zu Sturmkrähen, zu Dreizehenmöwen und zu Sterntauchern zu knüpfen, denn andere Tiere gab es auf Sieben Feuer kaum. Und von Happy ließ er sich alles über dessen ehemalige Reiter erzählen. Das Gute war, dass er seinen Ärger auf Lucy wunderbar beim Polieren von Happys Schuppen abreagieren konnte. Und so glänzte der alte Teufelsgrind schon bald schöner als jeder Neuwagen.

Kurz nach dem Vorfall bei Mistress Dora hatte er den alten Grind auf das Drachenorakel angesprochen.

Mmmpfff, hatte Happy nur geantwortet und war dann verstummt. Schließlich hatte er doch noch gesprochen und seinen Unmut über das Orakel kundgetan. *Erstens,* fing er an und reckte eine seiner Krallen in die Höhe, *war es mir schon immer ein Dorn im Auge, dass ihr meine Vorfahren nicht zur Ruhe kommen lasst und ihre alten Knochen wieder und wieder in diesem Becher durchschüttelt. Wusstest du eigentlich, dass der Becher aus dem Leder eines Drachenflügels gemacht ist? Ich finde das uns Drachen gegenüber mehr als respektlos.*

Henry gab ihm recht. Ihm würde es auch nicht gefallen, wenn jemand nach seinem Tod ein Würfelspiel aus seinen Knochen machen würde.

Zweitens, fuhr Happy fort und reckte eine weitere Kralle in die Luft, *ist das Drachenorakel eine verteufelt verzwickte Angelegenheit. Ich habe in all den Jahrhunderten nur einen Druiden kennengelernt, der die Prophezeiungen richtig lesen konnte.* Er hielt kurz inne und überlegte. *Na ja, vielleicht zwei. Vor gar nicht langer Zeit gab es einen Reiter, der wirklich Talent hatte. Er war aber genauso ein Grünschnabel wie du. Hatte nur Unfug im Kopf und hat sich nicht weiter um sein Talent geschert. Wie dem auch sei. Ich glaube, es ist besser, wenn deine Freundin ihre Finger von dem Orakel lässt. Es tut mehr Schlechtes als Gutes. Und jetzt polier gefälligst weiter.*

Und während Henry weiterpolierte, hatte der alte Teufelsgrind es tatsächlich geschafft, ihm alles über seine ehemaligen Reiter zu erzählen. Und so waren die Tage ins Land gezogen, und bei allem Ärger fühlte sich Henry wenigstens einigermaßen gut vorbereitet für die anstehende Prüfung bei Master Nicolas.

Eines Morgens wurde ihr monotoner Tagesablauf, der aus Aufstehen, Frühstücken, Lernen, Mittagessen, Lernen, Abendessen, Lernen und Schlafengehen bestand, unterbrochen. Während des Frühstücks betrat ein ziemlich übel gelaunter Master Duncan die große Halle. Das wäre an sich nichts Ungewöhnliches gewesen. Doch bei dem seltsamen Lärm, den er machte, blickten alle Schüler auf.

Normalerweise knallten die Absätze seiner alten Stiefel wie Pistolenschüsse auf den steinernen Boden: TAM, TAM, TAM! Hin und wieder untermalt von Master Finleys gesäuselten Vorwürfen, der auf seinen Filzpantoffeln meist lautlos durch die Halle tänzelte.

Doch an diesem Morgen war das Gepolter, das Master Duncan verursachte, ein anderes. Nicht weniger bedrohlich als sonst, aber anders. TAM, TOCK, TAM, TOCK, TAM, TOCK ...

Henry blickte auf und ließ den Löffel Porridge, den er sich gerade in den Mund stecken wollte, wieder sinken. Master Duncans linkes Bein steckte bis zum Knie in einem weißen Gips, und er stützte seinen Körper auf eine hölzerne Krücke. Wortlos ließ er sich auf seinen Platz am Lehrertisch fallen und goss sich schwungvoll eine Tasse heißen Kaffee in seinen zerbeulten Becher.

„Sag du es ihnen", grollte er in Richtung Master Finley, der noch unschlüssig hinter seinem Lehnstuhl stand und das Polster knetete.

„Schüler von Sieben Feuer, Reiter der Drachen, Bewahrer des Bündnisses ..."

„Am besten heute noch!", unterbrach ihn Master Duncan unwirsch.

Master Finley blies die Backen auf. „Diese Laune, diese Laune ..." Er wandte sich erneut den Schülern zu. „Ihr erinnert euch sicher, dass ich euch vor einigen Wochen berichtete, dass es Mistress Leonella und meiner Wenigkeit gelungen ist, Grenzenlossaft zu brauen. Ihr wisst schon, den Saft, der es euren Drachen erlaubt, die goldene Grenze zu überwinden." Er machte eine Pause. „Nun ja. Die gute Nachricht ist, dass der Saft tadellos funktioniert." Ein Lächeln stahl sich in das pausbäckige Gesicht von Master Finley.

„Lass sofort dieses Pfannkuchengesicht sein!", zischte Master Duncan.

„Ich darf ja wohl sehr bitten", sagte Master Finley pikiert. „Die schlechte Nachricht ist, dass sich der ehrenwerte Master Duncan bei unserem Testversuch leider den Fuß gebrochen hat."

Master Finley warf einen betrübten Blick zum Tisch des sechsten Jahrgangs. Und erst da fiel Henry auf, dass Fiona, Marc und die anderen ihre Köpfe eingezogen hatten und auf die Teller vor sich starrten. Dex erinnerte Henry an eine Schildkröte, so tief hatte er seinen Kopf zwischen die Schultern gesenkt.

Master Finley fuhr fort. „Statt wie vereinbart die goldene Grenze nur kurz zu überschreiten, um dann wieder in den geschützten Bereich zurückzukehren, ist der sechste Jahrgang bis zur Insel Alk geflogen. Dort steht zwar ein Leuchtturm, doch der ist bereits seit Jahrzehnten nicht mehr in Betrieb. Die Insel gilt also als verlassen."

Master Finley machte eine Pause.

„Bis auf die Trottellumme. Genauer gesagt, die Riesentrottellumme."

Trotz der tödlichen Blicke, die Master Duncan durch den Raum schoss, konnten sich einige Schüler, unter ihnen auch Lucy, Henry und Timothy, ein Kichern nicht verkneifen.

„Tja", fuhr Master Finley fort, „verzeihen Sie mir das Wortspiel, aber die Schüler unseres sechsten Jahrgangs haben sich wie Riesentrottel aufgeführt. Angestiftet von Dex Dunstanville sind sie auf der Insel gelandet und, wie es der Zufall will, einer Vogelkundlerexpedition in die Arme gelaufen. Statt brütenden Riesentrottellummen hat die Ausflugsgruppe leider unsere Drachen zu Gesicht bekommen."

Ein Raunen ging durch die große Halle.

„Etwas, das nie hätte passieren dürfen!", rief Master Finley. „Sie kennen die oberste Regel von Sieben Feuer?"

„Alles bleibt geheim", antworteten die Schüler wie aus einem Mund.

Master Finley nickte heftig, sodass sein Doppelkinn anfing zu zittern.

„Zum Glück hat Master Duncan unseren trotteligen sechsten Jahrgang mit dem Wasserflugzeug begleitet. Er konnte jeden Teilnehmer der völlig hysterischen Vogelkundlergruppe dazu bewegen, einen ordentlichen Schluck aus seinem Flachmann zu nehmen."

Master Duncan griff in die Innentasche seines Mantels und knallte einen Flachmann auf den Tisch, der so groß wirkte wie ein platt gedrückter Benzinkanister.

„Wer von euch weiß, was er in den Whiskey gemischt hat?"

„Das Elixier des Vergessens", murmelte Arthur.

„Ganz genau, das Elixier des Vergessens", wiederholte Master Finley laut. „Ohne seine Wirkung stünden wir jetzt ziemlich dumm da und müssten die Vogelkundlertruppe bis zum Ende ihrer Tage auf Sieben Feuer beherbergen."

„Aber wieso hat Master Duncan ein Gipsbein?", flüsterte

Lucy Henry zu, und es war das erste Mal, dass sie ihn nach ihrem Streit ansprach.

„Keine Ahnung“, zischte Henry zurück. „Wieso fragst du nicht das Drachenorakel.“ Er biss sich auf die Zunge. Eigentlich hatte er sich vorgenommen, die Sache auf sich beruhen zu lassen.

„Blödmann!“, fauchte Lucy.

„Ach so, das Gipsbein“, fiel es nun auch Master Finley ein, der sich schon wieder gesetzt hatte. „Nun, nachdem die Gedächtnisse der Vogelkundler um die Drachenerinnerungen erleichtert worden waren, ist Master Duncan ... Nun ja, er ist auf dem Weg zu seinem Wasserflugzeug auf dem Vogelschiss einer Riesentrottellumme ausgerutscht. Tja, und dabei hat er sich den Fuß gebrochen.“

In der großen Halle hätte man eine Stecknadel fallen hören können.

„Tragisch, wirklich tragisch“, sagte Timothy mit Grabesstimme in die Stille hinein. Und dann prustete er los. Er musste so laut lachen, dass er Schluckauf bekam. Und sein Lachen war ansteckender als ein Grippevirus. Alle Master und Schüler fielen in sein Lachen ein. Nur die Reiter des sechsten Jahrgangs und Master Duncan schienen immun zu sein.

Seit langer Zeit war es mal wieder ein Abendessen, bei dem sich Henry keine blöden Bemerkungen anhören musste. Dex war noch tiefer in sein Wams versunken, und ohne seinen Kumpel verhielt sich auch Stewart Todd ruhig.

Es war ein richtig schöner Abend.

Arthur thronte im Schneidersitz auf seinem Bett. Er hatte sich bereits seinen Pyjama angezogen.

„Morgen geht es los“, sagte er aufgeregt. „Da sollten wir ausgeschlafen sein.“ Er blickte kopfschüttelnd zu Henry und Edward, die es sich in zwei Sesseln bequem gemacht hatten und Drachenballangriffstechniken diskutierten. „Kurze Zusammenfassung“, kündigte Arthur lehrerhaft an. „Wir starten die Prüfungen in Lindwurmpflege bei Mistress Leonella. Schätze, dass wir jeder ein Elixier oder einen Saft brauen müssen. Das sollte niemanden von uns vor eine allzu große Herausforderung stellen. Also *check*. Nachmittags geht es dann weiter mit Drachenkunde. Auch kein Problem. *Double check*. Master Nicolas hat uns ja netterweise bereits gesagt, dass er das Themengebiet auf die Riege der Reiter unserer Drachen eingegrenzt hat.“ Arthur öffnete den Kinnriemen seiner Drachenballkappe und kratzte sich am Kopf. „Eigentlich ein Witz, wenn ihr mich fragt. Spaßeshalber habe ich noch alle ehemaligen Reiter eurer Drachen auswendig gelernt.“

Ein Kopfkissen flog quer durch den Raum und riss ihm seine Drachenballkappe vom Kopf.

„Hey, was soll das?“, rief Arthur.

Erstaunt stellte Henry fest, dass nicht Timothy, sondern Chloé geworfen hatte.

Henry schnappte sich das Kissen aus seinem Sessel und pfefferte es ebenfalls in Arthurs Richtung. Als bester Schütze ihres Drachenballteams traf er seinen Freund mitten im Gesicht. Jetzt gab es kein Halten mehr, und alle anderen schmissen ebenfalls ihre Kissen auf Arthur.

Schützend hob er seine Arme über den Kopf. „100 % negativ! Seid ihr von allen guten Geistern verlassen?“

„Schon mal darüber nachgedacht, dass wir uns vielleicht nicht so sehr auf die Prüfungen freuen wie du?“, fragte Chloé.

„Der einzige Saft, den ich herstellen kann, ist Orangensaft! Bin mir nicht sicher, ob ich es damit durch Mistress Leonellas Prüfung schaffe“, ergänzte Timothy.

„Ich komme jedes Mal mit den Jahreszahlen von Wellentänzerins ehemaligen Reitern durcheinander“, stöhnte Lucy.

„Und das Einzige, was ich euch mit ziemlicher Sicherheit vorhersagen kann, ist, dass ich durch Wahrsagen bei Mistress Dora durchrasseln werde“, gab Edward zu.

Arthur glotzte die anderen durch seine dicken Brillengläser an. „Dafür werde ich durch Flugtechniken fliegen“, verteidigte er sich.

Geteiltes Leid ist halbes Leid, dachte Henry und fühlte sich mit einem Mal gar nicht mehr so schlecht vorbereitet.

Edward stand von seinem Sessel auf und sah auf die Uhr. „Wir haben jetzt fast neun. Wie wär's, wenn wir versuchen uns gegenseitig zu helfen. Jeder nennt sein schwächstes Fach, und dann büffeln wir gemeinsam die Nacht durch!"

Die anderen waren sofort dabei. Nur Arthur zierte sich. „Das Wichtigste ist doch, dass wir ausgeschlafen sind, damit wir unser Wissen morgen zu 100 % abrufen können."

„Wenn ich noch nichts weiß, kann ich auch nichts abrufen, egal wie ausgeschlafen ich bin", protestierte Timothy.

„Das erscheint mir ein durchaus logischer Einwand", gab Arthur gequält zu.

„Dann ist es also beschlossene Sache", freute sich Edward. „Wir machen es wie die Musketiere: Einer für alle und alle für einen!"

„Wohl eher Arthur für alle", murrte Arthur.

Henry angelte ein großes Stück Schwarztorf aus dem Korb neben dem Kamin und legte es auf die Glut. Und während kleine Flammen an dem Torfstück züngelten, füllte sich das Turmzimmer mit Wärme und dem altbekannten Geruch nach geräuchertem Schinken. Gemeinsam begannen sie zu büffeln.

„Ewig Zeit bleibt uns nicht." Arthur hatte sich aus seinem Bett erhoben, seine Drachenballkappe wieder aufgesetzt und das Kommando übernommen.

Schnell hatte er auf einen Zettel einen Lernplan gekritzelt und erklärte ihn den anderen.

FACH	MASTER	PRÜFUNG	NACHHILFE VON	NACHHILFE FÜR
Drachenkunde	Master Nicolas	Riege der Reiter	Arthur	Lucy, Henry
Drachen fliegen	Master Duncan	Flugtechniken	Henry	Chloé, Arthur
Drachen-handwerk	Mistress Dora	Drachenorakel	Lucy, Chloé, Arthur	Henry, Timothy
Lindwurm-pflege	Mistress Leonella	Elixier brauen	Arthur, Lucy	Henry, Timothy Edward
Goldkunde	Master Finley	Goldverbrauch berechnen	Arthur, Timothy	Henry, Chloé, Lucy, Edward

„Am schnellsten kommen wir voran, wenn wir uns aufteilen. Da ich am meisten erklären muss, konzentriere ich mich erst mal auf Drachenkunde. Da wird mir wahrscheinlich keiner von euch eine Hilfe sein. Bei den anderen Fächern unterstütze ich lediglich, wenn es hakt."

Er starrte auf den Plan, der vor ihnen lag, und runzelte die Stirn.

„Wie es aussieht, benötigst du die meiste Unterstützung, Henry."

„Wer hätte das gedacht", ätzte Timothy hämisch.

Henry schnappte sich beleidigt den Plan. „Hier!" Er tippte auf *Drachenkunde*. „Da kannst du mich streichen. Die Riege der Reiter habe ich alle auswendig gelernt", verteidigte er sich aufgebracht. „Und hier!" Er tippte auf *Drachenorakel*. „Interessiert mich nicht die Bohne. Das ist ein total bescheuertes Fach. Hat sogar Happy gesagt."

Henry entging nicht, dass Lucy und Arthur einen vielsagenden Blick tauschten.

„Henry", begann Lucy vorsichtig.

Er unterbrach sie. „Ich weiß ganz genau, dass du dir heimlich Einzelunterricht bei Mistress Dora geben lässt. Du Superwahrsager!"

„Jetzt geht das schon wieder los", stöhnte Timothy.

Lucy hatte schuldbewusst den Blick gesenkt.

„Das ist jetzt völlig unwichtig, Henry", versuchte Edward zu vermitteln. „Es ist doch völlig egal, ob du das Fach magst oder nicht. Es geht doch nur darum, zu bestehen. Falls nicht, musst du es nächstes Jahr wiederholen."

„Es wird doch auch nur um die Theorie gehen", pflichtete Chloé ihm bei. „Nach ...", sie unterbrach sich und suchte nach Worten, „nach dem Vorfall in der ersten Stunde", umschrieb sie Lucys Anfall, „hat Mistress Dora das Orakel doch kein einziges Mal mehr hervorgeholt."

Henry atmete tief ein und aus und drehte sich wieder den anderen zu. „Meinetwegen", sagte er und fixierte dabei Lucy, die ihn schüchtern anlächelte.

Henry wandte den Blick ab. Er verstand einfach nicht, wie es sein konnte, dass seine beste Freundin ein Geheimnis vor ihm hatte. Er erinnerte sich nur zu gut daran, wie sehr es Lucy auf die Palme gebracht hatte, dass er sie damals nicht eingeweiht hatte, als er das Band zu seinem Drachen nicht knüpfen konnte.

Er würde das klären müssen, aber jetzt mussten sie erst einmal die Prüfungen hinter sich bringen.

Das gemeinsame Büffeln wirkte Wunder. Obwohl Arthur ihnen vorhergesagt hatte, dass sie mit einer Wahrscheinlichkeit von nur 7 % alle Fächer bestehen würden. Doch zum Glück hatte er hier zur Abwechslung mal falschgelegen. Sie hatten bestanden. Und zwar alle in allen Fächern.

Zumindest fast – denn Henry hatte seine Prüfung in Drachenkunde noch vor sich.

Seine Mitschüler saßen hinter ihm am großen Tisch in der Bibliothek, während er vorne bei Master Nicolas stand. Der Lehrer runzelte die Augenbrauen, verschränkte die Hände in den weiten Ärmeln seiner Kutte und wanderte mit ausladenden Schritten vor ihm auf und ab.

„Mal sehen", murmelte er. „Henry McGregor. Wie gestalte ich deine Prüfung am geschicktesten ...?"

Henry holte tief Luft und nahm den typischen Geruch der Bibliothek wahr. Eine Mischung aus trockenem Papier, altem Leder und Staub, der fingerdick auf den Bücherregalen lag.

„Ich hab's!", murmelte Master Nicolas schließlich und lächelte Henry aufmunternd zu.

„Wie viele Reiter des alten Teufelsgrinds waren Kapitän ihrer Drachenballmannschaft und konnten den Pokal der Sieben Flammen gewinnen?“

Henry atmete erleichtert aus. Ihm war klar, dass ihm der Lehrer mit dieser Frage einen Gefallen tun wollte. Master Nicolas wusste, dass es außer Drachenball kaum ein Thema gab, für das er sich mehr interessierte.

„Zwölf!“, rief Henry wie aus der Pistole geschossen. Und ohne dass Master Nicolas danach gefragt hätte, begann er, die Namen der Reiter runterzurattern, die Jahreszahlen, wann sie Happys Reiter gewesen waren, und welche Namen sie dem Teufelsgrind gegeben hatten.

Er erinnerte sich an alle Details. Dadurch, dass er sowohl Phönix als auch Anonymus Happys Reiterhistorie weitererzählt hatte, hatten sich alle wichtigen Fakten in seinem Gedächtnis eingebrannt.

Master Nicolas blickte Henry beeindruckt an. Vorsichtig versuchte er es mit einer Frage, die nichts mit Drachenball zu tun hatte. Und wieder wusste Henry die Antwort. Master Nicolas geriet aus dem Häuschen und bombardierte Henry mit einer Reihe weiterer Fragen, die der ausnahmslos beantworten konnte.

Schließlich hielt der Lehrer inne und schüttelte ungläubig den Kopf.

Henry fragte sich schon, ob die letzte Antwort falsch gewesen war, als Master Nicolas zu sprechen begann.

„Ich bin stolz auf dich, Henry“, sagte er schließlich. „Richtig, richtig stolz!“ Er legte ihm eine Hand auf die Schulter und rang nach Fassung. „Alle Fragen richtig beantwortet! Bestanden! Mit Auszeichnung!“

Lucy rannte auf ihn zu, um ihm zu gratulieren, doch Henry wandte sich ab. Er war immer noch sauer auf sie und knüpfte lieber das Band zu Phönix. Sein Drache jubelte ihm zu, stieg in die Luft und machte vor Freude ein paar Loopings.

Dann knüpfte Henry das Band zu Happy, der jedoch wenig überrascht reagierte. *Bei dem Lehrer, den du hattest? Kein Wunder!*

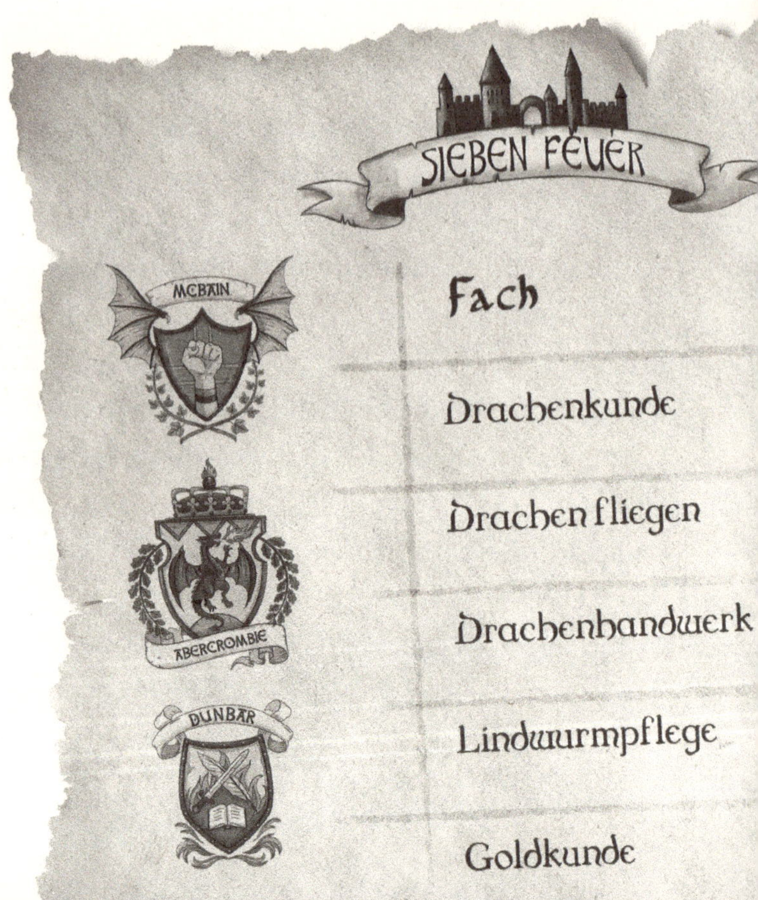

„100 % positiv“, fing Arthur zum hundertsten Mal an. „Ich kann nicht glauben, dass wir wirklich alle bestanden haben“, nuschelte er mit vollem Mund.

Er selbst hatte bis auf Flugtechniken alle Prüfungen mit Bestnote absolviert. Und sogar in Flugtechniken hatte Master Duncan sein Auge zugedrückt und ihm eine Drei gegeben. Stolz begutachtete Arthur sein Zeugnis.

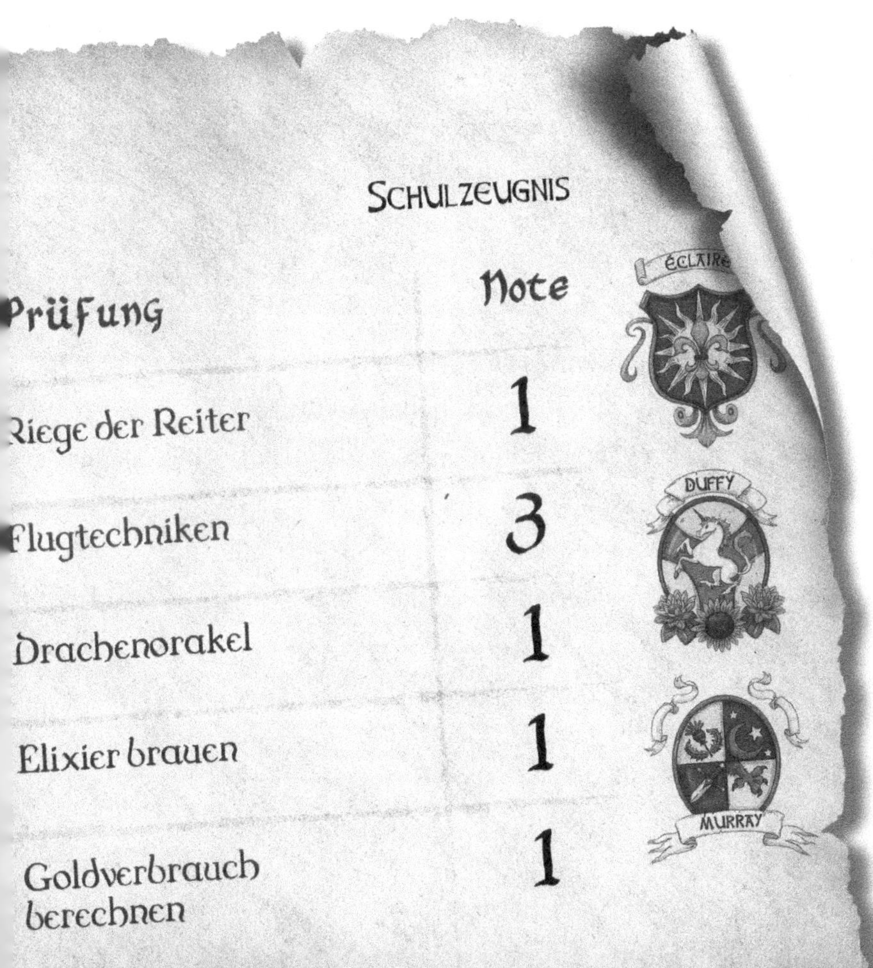
SCHULZEUGNIS

Prüfung	Note
Riege der Reiter	1
Flugtechniken	3
Drachenorakel	1
Elixier brauen	1
Goldverbrauch berechnen	1

„Versau es nicht mit deinen klebrigen Fingern", ermahnte Timothy ihn.

Nachdem ihnen allen ihre Zeugnisse verliehen worden waren, hatten sie Schokoküsse, Karamellbonbons, Geleebohnen und Erdnusskekse aus der Küche in die Bibliothek geschmuggelt. Jetzt fläzten sie sich gut gelaunt in der Leseecke auf der vierten Galerie in die alten Ledersessel und durchgesessenen Sofas und feierten ihren Erfolg.

„Was für ein Jahr!", sagte Edward. „Hättet ihr es euch so vorgestellt, als wir letzten Herbst von Master Duncan an den Docks eingesammelt wurden?"

„Auf gar keinen Fall", waren sich alle einig.

„Ich hoffe nur, dass ich mich nicht bei meinen Eltern verplappere, wenn ich sie wiedersehe", gab Chloé zu bedenken. „Feuerspeiende Drachen, auf deren Rücken wir durch den Himmel sausen, riesige Eier, die sich als Drachenbabys entpuppen, eine uralte Lady Blackstone, die unsere Drachen entführen will, ein Sekret, das unsichtbar macht ... Schade eigentlich, dass ich das alles für mich behalten muss."

„Soweit ich weiß, bekommen wir alle ein Fläschchen vom *Elixier des Vergessens*, sollte uns doch mal was rausrutschen. Ein Tropfen genügt, und die Person vergisst alles, was sie an dem Tag über Drachen erfahren hat. So wie diese Vogelkundler", sagte Lucy.

„Wenn ich nur nicht meinen Drachen hier zurücklassen müsste!" Henry blickte in die Runde. „Ich meine, klar, ich freu mich total darauf, meine Mum wiederzusehen. Aber ehrlich gesagt, kann ich es mir überhaupt noch nicht vorstellen, sechs Wochen von Phönix getrennt zu sein."

Und als ob er ihn gehört hätte, knüpfte Phönix das Band zu ihm. *Wann sehen wir uns endlich?*, beschwerte er sich. *Lass uns bis zur Sonne fliegen, um deinen Erfolg zu feiern.*

Henry knüpfte das Band enger und schmiegte sich in Gedanken an seinen Drachen. „*Unseren* Erfolg", verbesserte er Phönix. „Das haben wir ja wohl gemeinsam geschafft."

Gemeinsam. Für immer!, freute sich Phönix.

„Holst du mich morgen früh ab?", fragte Henry. „Dann haben wir genug Zeit, bis zur Sonne und zurück zu fliegen, bevor abends die Abschiedszeremonie des siebten Jahrgangs beginnt."

Warum kommst du nicht jetzt in unsere Drachenhöhle, und wir lassen uns von Happy noch mehr Geschichten erzählen?, bettelte Phönix.

Henry schüttelte bedauernd den Kopf, obwohl Phönix das nicht sehen konnte. „Daraus wird leider nichts. Die ehemaligen Reiter der Drachen des siebten Jahrgangs kommen schon heute Abend an. Es gibt ein großes Festessen, bevor morgen dann die Verabschiedung stattfindet."

Verstehe, sagte Phönix enttäuscht. *Und dann fährst du für diese lange Zeit nach London*, ergänzte er, und ein kleiner Vorwurf lag in seiner Stimme.

„Erst Ende nächster Woche geht es in die Ferien", korrigierte Henry ihn.

Ferien, Ferien!, regte Phönix sich auf. *Ich verstehe das immer noch nicht. Ihr macht eine Zeit lang Pause von eurem normalen Leben. Aber warum? Wenn euch euer normales Leben nicht gefällt, warum macht ihr dann nicht immer Pause? Dann braucht ihr auch keine Ferien.*

„Es wird einfach Zeit, dass ich meine Mum mal wiedersehe", erinnerte Henry seinen Drachen.

Okay, das verstehe ich. Aber dann nimm mich wenigstens mit, bettelte Phönix. *Ich will auch Ferien haben und deine Mutter kennenlernen.*

Henry stöhnte. „Das haben wir doch schon so oft besprochen. Ihr Drachen müsst hierbleiben. Innerhalb der goldenen Grenze. Damit niemand erfährt, dass es euch gibt."

Ich könnte doch was von diesem Grenzenlossaft trinken, von dem du mir erzählt hast, schlug Phönix vor.

„Und wie soll ich ein Ungetüm wie dich mit nach London nehmen, ohne dass du auffällst?"

Phönix sandte ihm ein Bild, wie er versuchte sich extrem klein zu machen. Er kauerte in der Drachenhöhle, Vorder- und Hinterläufe unter dem Körper versteckt und seine ausladenden Schwingen auf dem Rücken gefaltet.

Henry lächelte. „Es ist doch nicht für lange", versuchte er seinen Drachen zu trösten. „In sechs Wochen bin ich wieder hier."

Sechs Wochen!, schimpfte Phönix. *„Ich habe versucht, das in diesen blöden Kreisen auszurechnen, die ihr benutzt, um die Zeit einzuteilen. Das sind so viele, das geht gar nicht!"*

„Vielleicht kannst du mich in meinen Träumen besuchen", tröstete Henry ihn. „Da schaffen wir es doch auch über die große Entfernung, unser Band zu knüpfen."

Mmmpf, murrte Phönix wenig begeistert und schickte ein leises *Na gut* hinterher.

Henry und auch die anderen wurden aus ihren Gedanken gerissen, als sie Schritte hörten, die die Treppe zur Galerie heraufkamen. Hektisch beeilten sie sich, die Süßigkeiten zu verstecken. Kurz darauf tauchte Master Nicolas bei ihnen auf.

„Ihr braucht wohl eine Extraeinladung! Die ehemaligen Reiter sind eingetroffen. In einer Viertelstunde beginnt das Festessen in der großen Halle."

Sein Blick fiel auf ein verräterisches Bonbonpapier, das neben Arthur auf der Couch lag. „Verderbt euch nicht den Hunger", ermahnte er sie. „Und keine Schokoflecken in meinen Büchern", sagte er mit einem milden Lächeln.

Auf dem Weg zur großen Halle diskutierten sie aufgeregt über die ehemaligen Reiter.

„Ich bin gespannt, wie viele es sein werden!", sagte Edward.

„Nun ja", gab Arthur zu bedenken. „Ein Reiter verbringt sieben Jahre mit seinem Drachen und verlässt Sieben Feuer mit achtzehn Jahren. Die durchschnittliche Lebenserwartung liegt heutzutage bei einundachtzig Jahren. Einundachtzig weniger achtzehn sind dreiundsechzig. Dreiundsechzig geteilt durch sieben macht neun. Es werden also wahrscheinlich neun Reiter pro Drache auftauchen. Bei sechs Drachen macht das vierundfünfzig Reiter."

„So genau wollte ich es gar nicht wissen", stöhnte Edward, als sie die große Halle betraten.

„Wow", staunte Chloé, und auch die anderen waren beeindruckt stehen geblieben.

Alle Tische waren eingedeckt worden. Vornehme weiße Tischdecken, siebenarmige silberne Kerzenleuchter, edles Porzellan und Silberbesteck gaben der Halle einen feierlichen Rahmen. Die Feuer in den Kaminen entlang der Wände prasselten vor sich hin und spendeten eine angenehme Wärme. In der Mitte der Halle war zusätzlich eine lange Tafel aufgebaut worden, an der bereits ihre Lehrer und die ehemaligen Reiter von Sieben Feuer Platz genommen hatten. Alle trugen lange schwarze Umhänge, auf deren Brust sowohl das Wappen von Sieben Feuer als auch das Wappen ihrer jeweiligen Clans prangte.

Sie waren in Gespräche vertieft und nahmen kaum Notiz von Henry und den anderen. Einzig ein recht junger ehemaliger Reiter, der auf seinem Lehnsessel rumlungerte und dessen Haare wild vom Kopf abstanden, hob seinen Kelch in ihre Richtung und prostete ihnen zu. Henry nickte ihm schüchtern zu. Der Mann spreizte den kleinen Finger vom Stiel des Kelches ab, führte ihn gekünstelt zu seinem Mund und schürzte übertrieben die Lippen. Henry musste lachen, woraufhin der Fremde freundlich blinzelte.

„Kennt den einer von euch?“, fragte Henry, doch die anderen schüttelten den Kopf.

Arthur deutete auf das Clanwappen auf der Brust des Fremden. „Er gehört dem Duffy-Clan an. Wenn, dann müsstest du ihn kennen, Lucy.“

Lucy hob bedauernd die Schultern. „Nö.“

Sie nahmen an ihrem Tisch Platz und bestaunten die vielen Messer und Gabeln, die neben ihren Tellern lagen. Timothy griff nach der Serviette, die kunstvoll zu einem Drachen gefaltet vor seinem Teller stand. „Schaut mal, sogar auf den Servietten sind unsere Clanlogos eingestickt. Ich frage mich, warum wir nicht immer so edel speisen können.“

Man merkte, wie sehr ihm der vornehme Rahmen gefiel. Edward und Chloé ging es genauso. Sie falteten ebenfalls ihre Servietten auseinander und platzierten sie auf ihren Schößen. Dann griffen sie nach dem Besteck ganz außen und löffelten die Suppe, die bereits in einem kleinen Schälchen vor ihnen stand.

Henry beeilte sich, es ihnen nachzumachen. Dabei schielte er zu Lucy. Sie schien ebenfalls keine Ahnung zu haben, wie genau das mit den Tischmanieren funktionierte. Doch im Gegensatz zu ihm schien es ihr egal zu sein. Statt nach dem Löffel zu greifen, hatte sie das Suppenschälchen einfach an die Lippen gehoben und getrunken.

Wie gern hätte sich Henry mit ihr über das Zeremoniell lustig gemacht. Doch die Sache mit dem Drachenorakel stand immer noch zwischen ihnen. Wie ein fetter rosa Elefant, der sich keinen Millimeter bewegte. Henry wusste, dass es an ihm war, das Tier zur Seite zu schieben, doch er konnte es nicht. Freunde haben keine Geheimnisse voreinander. Das hatte Lucy selbst gesagt. Und jetzt hielt sie sich nicht an ihre eigene Regel.

Während sie ihre Suppe löffelten, ertönte ein Klirren. Master Finley hatte seinen Weinkelch erhoben und schlug mit einem Messer dagegen. Das Gemurmel, das die Halle erfüllt hatte, verstummte, und alle Augenpaare waren erwartungsvoll auf ihren Lehrer gerichtet.

Master Finley erhob seinen massigen Körper und strahlte in die Runde.

„Willkommen auf Sieben Feuer, Freunde, ehemalige Reiter, Alumni, Bewahrer des Bündnisses!"

„Was sind denn Alumni?", flüsterte Henry Edward zu.

„Ein anderes Wort für Absolventen", raunte Edward zurück.

„Wir freuen uns sehr, dass ihr alle gekommen seid. Ohne Ausnahme." Master Finley ließ seinen Blick über die lange Tafel schweifen und nickte einem hageren alten Mann zu, der in einem Rollstuhl saß. Seine Augen jedoch blitzten noch so wach, als ob jedes der sieben Feuer ihnen innewohnte. Mit seiner knotigen Hand griff der Mann nach dem Kelch vor ihm und prostete Master Finley zu.

„Das ist Sir Logan", erklärte Edward. „Mein Ururonkel, er ist 102."

Henry war beeindruckt.

„Ein weiteres Schuljahr neigt sich dem Ende zu", erhob

Master Finley wieder seine Stimme. „Und wie es der Lauf der Dinge will, werden sich erneut sieben Reiter von ihren Drachen verabschieden und in den Kreis der Alumni aufgenommen." Er wandte sich an die Schüler des siebten Jahrgangs. „Ihr seid nun erwachsen", sagte er feierlich. „Und nichts und niemand auf dieser Erde hätte euch besser auf das Erwachsensein vorbereiten können als eure Drachen. Ihr wart im wahrsten Sinne des Wortes Zwerge, denen es vergönnt war, auf den Schultern von Riesen Platz zu nehmen. Und so hattet ihr die Chance, weiter zu sehen als alle anderen eurer Generation. Nutzt euer Wissen, um Sieben Feuer zu schützen, und nutzt euer Leben, um Großes zu vollbringen."

Die Ehemaligen griffen nach ihrem Besteck und klopften damit auf die Tischplatte. Alle Jahrgänge folgten ihrem Beispiel.

„Das letzte Jahr war ein besonderes", setzte Master Finley erneut an, als der Lärm verebbte. „Seit Jahrhunderten wurden erstmalig wieder zwei Drachen geboren. Ein Teufelsgrind und – was noch viel erstaunlicher ist – ein Blattfinger. Und dank des mutigen Einsatzes unseres ersten Jahrgangs ist es gelungen, beide Drachen nach Sieben Feuer zu holen, wo sie verborgen vor der Welt da draußen unter unserem Schutz aufwachsen können."

Henry und seine Freunde tauschten stolze Blicke. An der Tafel der ehemaligen Reiter setzte bedeutungsvolles Gemurmel ein.

„Aber wo Licht ist, ist bekanntlich auch Schatten. Einige von euch wissen es bereits. So unwahrscheinlich es klingt: Lady

Blackstone, Goldzunge und Verräterin des Bündnisses, die wir alle seit Jahrhunderten für verstorben wähnten, ist am Leben. Und immer noch führt sie nichts Gutes im Schilde und bedroht erneut das Bündnis."

Wieder hielt er inne.

„Doch auch unter uns befindet sich eine Goldzunge. Henry McGregor aus dem Clan der McBains, Schüler des ersten Jahrgangs, besitzt ebenfalls die seltene Gabe. Er ist ein Drachenflüsterer!"

Das Gemurmel an der Tafel der Alumni wurde lauter, und alle blickten neugierig zu Henry herüber. Der rutschte immer tiefer in seinen Stuhl. Am liebsten wäre er ganz unter den Tisch gerutscht und im Boden versunken. Aber es kam noch schlimmer.

„Sir Henry", sprach Master Finley ihn an. „Würdet Ihr Euch bitte kurz erheben und einige Worte an unsere Alumni richten?"

Henry glaubte, sich verhört zu haben. Doch Master Finley nickte ihm aufmunternd zu.

„Das darf doch nicht wahr sein", stöhnte er.

„Hopphopp", flüsterte Timothy ihm schadenfroh zu.

Widerstrebend stand Henry auf. Gleichzeitig stieg ihm die Röte ins Gesicht, und seine Ohren begannen zu glühen. Das Gemurmel im Saal verebbte erneut und machte Platz für eine gespannte Stille. Alle Augenpaare waren erwartungsvoll auf Henry gerichtet. Doch Henry sagte nichts. Stumm wie ein Fisch stand er da und schwieg. Sein Kopf fühlte sich an wie ein riesengroßer Ballon. Nämlich völlig leer.

„Begrüß erst einmal die ehemaligen Reiter und wende dich dann an alle anderen“, flüsterte Edward.

„Erzähl ihnen von Croqc und von Phönix’ Geburt“, riet Chloé.

„Und dann von Anonymus’ Befreiung“, ergänzte Timothy.

Selbst wenn Henry etwas Sinnvolles eingefallen wäre, sein Mund war so trocken wie die Saharawüste. Und seine schweißnassen Hände hinterließen feuchte Flecken auf der Tischdecke. Eine gefühlte Ewigkeit stand er so da und hielt krampfhaft die Tischkante umklammert.

„Hallo“, krächzte er schließlich.

„Für eine Goldzunge ist er ja nicht gerade gesprächig“, spottete jemand, und einige Lacher waren zu hören.

Lucy zog Henry sanft am Ärmel. „Du musst nichts sagen, Henry. Es ist alles gut. Setz dich einfach wieder hin.“

Da ergriff plötzlich der ehemalige Reiter mit der wilden Frisur das Wort. „Eine Einwortrede!“, rief er. „Meiner Meinung nach die besten Reden, die es gibt.“ Er begann begeistert, mit seinem Besteck auf den Tisch zu klopfen. Und nach und nach stimmten auch die anderen im Saal mit ein.

Ächzend ließ sich Henry auf seinen Stuhl fallen. Hätte er wählen können, wäre er lieber wieder im Verlies von Lady Blackstone als in der großen Halle.

Master Duncan winkte den Küchenhilfen zu, und sie beeilten sich, den nächsten Gang zu servieren.

Doch Henry war der Appetit vergangen.

Aber was jetzt genau so fürchterlich gewesen sein soll, verstehe ich nicht, bemerkte Phönix etwas ratlos.

Henry saß hinter der dreizehnten Schuppe auf dem Rücken seines Drachen und sauste durch die kalte, nach Salz riechende Morgenluft. Unter ihnen war das Meer und über ihnen ein eisblauer Himmel.

„Ich kann es dir gar nicht genau erklären. Aber als mich die Master, alle anderen Schüler und die ehemaligen Reiter angestarrt haben, bin ich total nervös geworden und habe einfach kein Wort rausgebracht."

Henry drehte einen Scorer in den Händen und warf ihn auf das offene Meer hinaus. Phönix schlug einmal kräftig mit seinen Schwingen, um sie dann anzulegen und dem Ball hinterherzujagen. Er tauchte unter dem Scorer ab, sodass Henry nur die Arme in die Luft strecken musste, um danach zu greifen.

„Ich fühlte mich wie gelähmt", sagte Henry und übermittelte seinem Drachen die Szene, wie er zur Salzsäule erstarrt im großen Saal gestanden hatte.

Phönix fühlte mit ihm. *Wie gut, dass Lucy dich irgendwann wieder auf deinen Platz gezogen hat,* bemerkte er.

Henry nickte. „Das stimmt. Das war wirklich nett von ihr."

Siehst du. Wenn es darauf ankommt, kannst du dich auf deine Freundin eben doch verlassen, entgegnete Phönix behutsam.

„Ja, schon", murrte Henry. „Trotzdem verstehe ich nicht, warum sie mir etwas verheimlicht."

Er pfefferte den Scorer erneut in die Luft. Dieses Mal in Richtung Küste. Warum konnte er im Redenhalten nicht genauso gut sein wie im Drachenball?

Phönix hörte seinen Gedanken und mischte sich ein: *Wenn du wählen könntest, was wäre dir denn lieber? Reden schwingen oder Drachenball spielen?*

„Na, Drachenball spielen natürlich!"

Siehst du, sagte Phönix. *Niemand muss alles können,* fügte er weise hinzu, während Henry den Scorer erneut aus dem Himmel pflückte.

Schau mal da!, rief Phönix erstaunt und lenkte Henrys Blick auf die Steilklippe vor ihnen. Auf dem Haupt des Riesen, über den Drachenhöhlen, stand eine einsame Gestalt. Den Kragen des schwarzen Mantels hochgeklappt, starrte sie aufs Meer hinaus.

Phönix flog näher heran, und Henry erkannte die Gestalt. Es war der Mann, der ihm gestern gemeinsam mit Lucy aus der Patsche geholfen hatte. Der ehemalige Reiter mit den wilden Haaren.

Findest du nicht auch, dass er traurig aussieht?, fragte Phönix.

Henry wusste, was sein Drache meinte. „Zumindest scheint er über irgendetwas nachzugrübeln“, sagte er.

Komm, wir fliegen hin, sagte Phönix, und noch bevor Henry etwas entgegnen konnte, hatte sein Drache die Richtung geändert und schoss auf das Haupt des Riesen zu.

Als der Mann sie bemerkte, straffte er die Schultern und winkte ihnen. Kurz darauf landeten sie neben ihm.

„Der Junge der wenigen Worte“, begrüßte ihn der Fremde lächelnd, während Henry von Phönix’ Rücken kletterte.

„Reden halten ist nicht so mein Ding“, entgegnete Henry gequält. Er streckte dem Fremden die Hand entgegen. „Ich bin übrigens Henry. Und das ...“, er deutete hinter sich, „ist mein Drache Phönix.“

Der Fremde schüttelte Henry die Hand. „Ich bin Graham. Graham Green. Kann man sich ganz gut merken, wenn man mir in die Augen schaut.“ Er ließ Henrys Hand los und deutete auf sein linkes Auge, während er das rechte zukniff. „Graham wie Grau“, dann kniff er das linke Auge zu und deutete auf sein rechtes Auge. „Und Green. Na ja, wie Grün eben.“

Erst da fiel Henry auf, dass die Augen des Mannes unterschiedliche Farben hatten. Es sah ein bisschen verrückt aus, aber irgendwie auch cool.

Wer ist das? Ist er nett? Was will er von dir?, fragte Phönix neugierig.

„Später“, murmelte Henry in Gedanken und wandte sich wieder dem Mann zu.

„Du bist früh auf“, stellte der Mann fest.

Henry hob die Schultern und drehte den Scorer, den er immer noch in den Händen hielt, verlegen hin und her. „Tja, nach meinem tollen Auftritt gestern habe ich mich früh verdrückt und bin schlafen gegangen.“ Er deutete auf den Scorer. „Das hier liegt mir mehr.“

„Ach, vergiss die blöde Rede“, sagte Graham Green und nahm ihm den Scorer aus der Hand. „Es gibt schließlich wichtigere Dinge.“ Er hielt inne. „Drachenball zum Beispiel.“ Er grinste.

„Sie mögen Drachenball?“, fragte Henry erfreut. „Haben Sie früher auch gespielt?“

„Soll das ein Witz sein?“ Der Mann zog die Augenbrauen hoch. „Erstens brauchst du mich nicht zu siezen, sonst komme ich mir ja so alt vor wie Mistress Leonella. Und zweitens: Du willst doch nicht behaupten, dass du noch nie was von G. G. gehört hast, oder?“

Henry stutzte. Natürlich hatte er das. Das erste Mal waren ihm die Initialen in der Bibliothek aufgefallen. Eingeritzt auf eines der alten Lesepulte. Dann in ihrem Schlafsaal. Auf einen der Pfosten von Lucys Bett hatte ebenfalls jemand *G. G. was here* gekritzelt. Und dann natürlich eingraviert auf dem Pokal der Sieben Flammen. Dort tauchten die beiden Buchstaben diverse Male auf. Fünf Mal in Folge hatte G. G. sein Drachenballteam zur Meisterschaft geführt. Er galt als einer der besten Scorer aller Zeiten.

„Das sind Sie? Graham Green. G. G. Sie ... Sie sind eine Legende“, stotterte Henry ehrfürchtig.

Graham lachte auf. „Duzen, schon vergessen? Und ja, Drachenball spielen konnte ich immer ganz gut.“ Er nahm Henry den Scorer aus der Hand. „Lust auf ein paar Würfe?“

Henry nickte begeistert. „Auf jeden Fall!“

„Dann ab auf deinen Drachen. Mal sehen, ob ich meine Spezialwürfe noch hinbekomme.“

Henry beeilte sich, hinter die dreizehnte Schuppe in Phönix' Drachenkamm zu klettern. „Das ist G. G., der beste Drachenballspieler, den es je gab“, erklärte er Phönix aufgeregt, als sie sich in die Luft erhoben.

Graham und Henry warfen sich den Scorer einige Male locker hin und her.

„Gut aufpassen, Henry!“, rief Graham ihm nach einer Weile über den Wind hinweg zu und drehte den Scorer in seiner Hand. „Jetzt kommt ein Taucher.“ Er feuerte den Scorer in Henrys Richtung.

Phönix breitete seine Schwingen aus und kam in der Luft fast zum Stehen. Der Scorer schoss genau auf sie zu. Doch in dem Moment, in dem Henry ihn aus der Luft greifen wollte, tauchte der Ball wie ferngesteuert ab und schoss unter Phönix' Körper hindurch.

Henry reagierte sofort. Er befahl Phönix, sich fallen zu

lassen und eine halbe Schraube zu machen. Kopfüber fliegend schaffte er es im letzten Moment, den Scorer zu greifen. Sie flogen zurück zu Graham und landeten neben ihm.

„Das war der Wahnsinn!", rief Henry. „Den Wurf musst du mir unbedingt beibringen."

Graham lachte. „Hätte nicht gedacht, dass ich ihn nach so langer Zeit noch hinbekomme. Aber du hast auch super reagiert", lobte er Henry. „Den zu fangen war eine Glanzleistung."

Henry kletterte von Phönix' Rücken. „Zeigst du mir, wie du das gemacht hast?"

„Klar!" Und so begannen sie, den Taucher zu trainieren. Und dann den Flatterer und schließlich den Schießer. Dabei vergaßen sie völlig die Zeit und verpassten das Frühstück. Erst als die Sonne bereits hoch am Himmel stand und ihre Mägen sich knurrend meldeten, fiel ihnen ein, dass sie auf der Wolkenburg vielleicht vermisst wurden.

Im Innenhof der Wolkenburg herrschte geschäftiges Treiben. Die Vorbereitungen für die große Abschiedszeremonie waren in vollem Gang, und alle halfen mit.

„Auch schon da?“, begrüßte Timothy Henry verstimmt, während er einen Holzscheit auf einen Planwagen hievte. Der war für das große Feuer, das nach Einbruch der Dunkelheit entzündet werden sollte.

„Noch siebenundzwanzig, dann haben wir es geschafft“, keuchte Arthur, dem Schweißperlen am Gestell seiner Brille hingen.

„Hab die Zeit vergessen“, murmelte Henry entschuldigend.

Master Duncan sprang von der Ladefläche des Planwagens hinunter und wäre beinahe hingefallen. Er hatte vergessen, dass sein linkes Bein eingegipst war.

„Graham“, sagte er mit schmerzverzerrtem Gesicht.

„Big Bain“, erwiderte Graham knapp. „Na, werden die Knochen langsam morsch?“

Master Duncan schüttelte ungläubig den Kopf. Er kämpfte um einen strengen Gesichtsausdruck und verlor. Das Lächeln, das sich unter seinem breiten Schnurrbart versteckt hatte, eroberte auch den Rest seines Gesichts.

„Big Bain", raunte Timothy Henry zu. „Cooler Spitzname."

„Untersteh dich, Timothy. Für dich werde ich mindestens die nächsten sechs Jahre Master Duncan bleiben."

Master Duncan schlug Graham kumpelhaft auf den Rücken. „Darf ich vorstellen? Das ist Graham Green. Wahrscheinlich der größte Unruhestifter, den es je auf Sieben Feuer gab." Er hielt inne und blickte prüfend zwischen Timothy und Henry hin und her. „Nun ja, wenn ihr zwei so weitermacht, habt ihr große Chancen, ihm den Titel streitig zu machen."

„Graham Green aus dem Duffy-Clan", rief Arthur aufgeregt. „Fünfmaliger Gewinner des Pokals der Sieben Flammen. Großartigster Scorer aller Zeiten. Sie führen die Bestenliste mit über 1.000 Punkten an."

„1.027, um genau zu sein", lachte Graham.

„100 % richtig", bestätigte Arthur.

Lucy und Chloé unterbrachen das Striegeln der Pferde und gesellten sich ebenfalls zu ihnen.

„Das ist ...", begann Arthur, doch Lucy winkte ab.

„Graham Green", unterbrach sie ihn. „Ihr wart nicht zu überhören."

„Und ihr seid?", fragte Graham.

„Das ist Chloé", Lucy deutete auf Chloé, die ihren Blick schüchtern gesenkt hatte, „und ich bin Lucy. Lucy Temple, ebenfalls aus dem Duffy-Clan."

„Dann sind wir ja quasi verwandt“, entgegnete Graham.

Lucy zuckte mit den Schultern und musterte Graham prüfend. „Wer weiß? Besonders ähnlich sehen wir uns nicht.“

„Machen Sie sich nichts daraus, Mister Green“, mischte sich Timothy ein. „Lucy ist eine ziemliche Kratzbürste. Es dauert ewig, bis man ihr kleines steinernes Herz erobert.“

Graham blinzelte Lucy zu. „Die Herausforderung nehme ich an. Und nennt mich Graham. Das reicht völlig.“

Master Duncan musterte ihn. Grahams Kleidung hätte auch aus seinem Kleiderschrank stammen können. Der Mantel wies einige schlecht gestopfte Risse und Löcher auf, das Hemd hing ihm nachlässig aus der ausgebeulten Hose, und die Absätze der Stiefel, die wohl noch nie in ihrem Leben geputzt worden waren, waren abgelaufen.

„Wie geht es dir, Graham? Konntest du dich endlich mal dazu entscheiden, einen ordentlichen Job anzunehmen?“

Graham fuhr sich durch das wild vom Kopf abstehende Haar.

„Wieso? Was ist gegen meinen Job einzuwenden?“, fragte er unschuldig. „Außerdem weißt du, wie gerne ich Lehrer bei euch geworden wäre.“

„Schatzsucher!“, murrte Master Duncan. „Das ist doch kein richtiger Beruf!“

„Findest du? Immerhin habe ich für Sieben Feuer die lange verschollen geglaubten Schriftrollen des William Mayweed wiederentdeckt …“ Er machte eine dramatische Pause und griff in seine Manteltasche. „... und über den hier werdet ihr euch sicherlich auch freuen.“

Er reichte Master Duncan einen Dolch, dessen silberner Griff in der Sonne blitzte. Die gebogene Klinge war fast schwarz, und es sah so aus, als ob in ihrem Innern eine rote Flamme zuckte.

„Ein Milchschuppendolch“, hauchte Arthur ehrfürchtig. „Es hieß immer, dass es keine mehr geben würde.“

„Hab ich im Wrack der *San José* gefunden“, erklärte Graham.

Henry griff an seinen Gürtel und zog das Messer hervor, das Mistress Dora für ihn geschmiedet hatte.

„Du hast auch einen?“, fragte Graham erstaunt, und Henry nickte.

„Aus der Milchschuppe meines Drachen gemacht. Sie ist Phönix ausgefallen, kurz nachdem er geschlüpft ist.“

Graham nickte anerkennend. „Scharf wie die Hölle, oder?“

Master Duncan begutachtete den Dolch. „Ein wunderschönes Stück“, sagte er anerkennend und wollte es Graham zurückgeben. Doch der hob die Hände. „Für dich, Big Bain. Oder für Dori. Ich kann mir vorstellen, dass sie sich sehr freuen würde.“

„Dori!“, kicherte Timothy. „Da würde Big Dora aber viel besser zu Mistress Dora passen als Dori.“

„Na, wen haben wir denn da?“ Ein weiterer Ehemaliger war zu ihnen getreten. Henry erkannte den Mann, der sich über ihn lustig gemacht hatte. Er sah aus wie eine ältere Version von Stewart Todd.

„Stewart", begrüßte Graham den Mann knapp und wenig freundlich.

„Das ist Stewart Todd", stellte Master Duncan den Mann den anderen vor. „Stewart, das sind die Schüler des ersten Jahrgangs."

Der Mann nickte ihnen zu.

„Sie heißen genauso wie einer der Schüler des Abschlussjahrgangs", sagte Arthur verwundert.

„Stewart junior. Er ist mein Neffe", erklärte der Mann.

„Die Todds haben keine allzu große Fantasie, was die Namen ihrer Nachkommen angeht. Väter, Söhne, Onkel, Neffen ... bei den Todds heißen alle Stewart", erklärte Graham.

„Auch die Töchter?", fragte Timothy frech. Der Mann fixierte ihn kalt, und Timothy duckte sich weg.

Master Duncan zeigte Stewart Todd den Milchschuppendolch.

„Schau dir den hier an, Stewart. Graham war bei einer seiner Schatzsuchen ziemlich erfolgreich."

Der Mann warf einen flüchtigen Blick auf den Dolch.

„Ich habe ja gehört, dass du dein Glück weniger in alten Tempeln oder auf dem Meeresgrund suchst als an Spieltischen oder auf der Pferderennbahn." Der Mann beäugte ihn spöttisch. „Und da scheinst du ja nicht so erfolgreich gewesen zu sein."

Graham lächelte. Doch nichts Freundliches war darin zu erkennen. Es sah eher so aus, als ob zwei zähnefletschende Raubtiere voreinander standen.

„Sein Glück findet man an den erstaunlichsten Orten, Stewart. Man muss nur den Mut haben, dort zu suchen. Und sei unbesorgt, das Blatt hat sich für mich gewendet."

„Um dich mach ich mir keine Sorgen, Graham. Eher um die Menschen in deiner Umgebung."

Sein Blick wanderte zu Henry. Und Henry glaubte zu spüren, dass dieser Mann ihn genauso wenig leiden konnte wie Stewart junior.

Stewart Todd senior räusperte sich. „Henry McGregor, die Goldzunge, und Graham Green, der Glücksspieler. Na, ihr seid mir ja ein tolles Gespann!" Kopfschüttelnd wandte er sich ab und ließ sie stehen.

„Dieser Graham ist echt ein cooler Typ", schwärmte Timothy, als sie sich am späten Nachmittag im Turmzimmer für die Abschiedsfeier fertig machten.

„Er hat mir die unglaublichsten Würfe beigebracht", sagte Henry stolz. „Den Taucher, den Flatterer und den Schießer. Muss ich euch unbedingt zeigen. Damit haben die Wolkenbrecher im nächsten Jahr keine Chance gegen uns."

Er griff nach dem weinroten Festumhang.

„Ich bin gespannt, wie die Zeremonie heute Abend ablaufen wird", wechselte Lucy das Thema. Sie hatte den Vorhang ihres

Bettes zur Seite geschoben und hüpfte fertig angezogen von ihrer Matratze. Ihr Umhang war nachtblau und sah sehr edel aus. Doch wie immer war sie barfuß. Sie wackelte mit ihren Zehen. Zur Feier des Tages hatte sie sich die Füße gewaschen.

„Hast du eigentlich noch mal mit Anonymus gesprochen?", fragte sie Henry.

„Wie meinst du das?"

„Na ja, ich dachte, dass er dir heute vielleicht einen Namen nennen konnte?"

Henry schüttelte den Kopf und bekam ein schlechtes Gewissen. Über das Wurftraining mit Graham hatte er völlig vergessen, sich um Anonymus zu kümmern. Schnell knüpfte er das Band zu ihm. Der Blattfinger lag eingerollt neben dem schlafenden Happy in der Drachenhöhle. Als er Henry erspürte, hob er fragend seinen Kopf.

Henry?, begrüßte er ihn überrascht. *Phönix ist nicht hier.*

„Ich weiß", sagte Henry. „Er hat sich wahrscheinlich bereits auf den Weg gemacht, um mich an der Wolkenburg abzuholen. Heute Abend ist doch die große Abschiedszeremonie des siebten Jahrgangs. Die Drachen werden ihren Reitern den Namen ihres Nachfolgers nennen." Henry stockte. „Hast du, ich meine, ist dir vielleicht auch ein Name erschienen?", fragte er behutsam.

Da war ein schemenhafter Umriss von jemandem in meinen Träumen. Doch als ich erwacht bin, ist er wieder verschwunden, sagte Anonymus traurig.

„Du solltest gleich trotzdem zum Drachenacker kommen“, sagte Henry.

Ich weiß nicht, zweifelte Anonymus. *Was soll ich denn da? Alle Drachen außer Happy und mir haben einen Reiter oder bekommen einen neuen. Ich glaube, ich bleibe lieber hier.* Er schmiegte sich an den alten Grind, der im Schlaf grunzte. *Ich glaube, Happy will auch nicht hin.*

„Ihr habt doch mich. Ich bin euer Reiter“, sagte Henry und wusste, dass das nicht so ganz stimmte. Phönix war sein Drache. Auch wenn er immer wieder das Band zu Happy und Anonymus knüpfte.

Der Blattfinger legte seinen Kopf auf sein Kissen aus Stroh. *Ich weiß nicht, ich habe einfach das Gefühl, ich gehöre da nicht hin.*

„Ich rede mit Happy“, entgegnete Henry bestimmt. „Du bist nicht allein. Du hast Happy, Phönix und mich an deiner Seite.“

Er kappte das Band zu Anonymus und weckte Happy.

Ich hoffe, du hast einen guten Grund, mich aus meinem Traum zu reißen, Zwerg!, grummelte der alte Teufelsgrind. Er gähnte herzhaft und zeigte sein bedrohliches Gebiss.

„Ich will, dass du mit Anonymus zur Abschiedszeremonie kommst“, sagte Henry geradeheraus.

Ich will, ich will ... Hat deine Mutter dir keine Manieren beigebracht?, antwortete der alte Grind.

„Ich meine es ernst“, sagte Henry.

Ich auch, entgegnete Happy, erhob sich aber und reckte seine alten Glieder. *Gibt es was Neues in Sachen Reiter für Anonymus?*, fragte er.

Henry schüttelte den Kopf. „Leider nicht."

Na gut, wir werden kommen, stöhnte Happy. *Vielleicht löst die Zeremonie ja was bei ihm aus. Allzu viel Hoffnung habe ich nicht, aber einen Versuch ist es wert. Wir sehen uns dann auf dem Drachenacker.*

„Danke, Happy. Ich muss mich beeilen, sonst fliegen die anderen ohne mich los. Bis später!"

Wie oft soll ich dir das noch sagen? Nenn mich nicht Happy!, fauchte der alte Grind, aber da hatte Henry schon das Band zu ihm gekappt.

Als Henry und die anderen auf dem Drachenacker landeten, war die Sonne bereits kurz davor, im Meer zu versinken.

Die Szenerie, die sich ihnen bot, war beeindruckend. Eine große Holztribüne stand in einem Halbrund am Ende des Drachenackers, mit Blickrichtung zum Meer. Sieben hohe Fahnenmasten waren in einigem Abstand vor der Tribüne in den Boden gerammt worden. Die Banner der sieben Clans, sogar das des Crawford-Clans, dem Clan der Blattfinger, waren gehisst worden und knatterten im Wind.

Die Holzscheite, die sie mittags in einen der Planwagen gehievt hatten, waren zu mannshohen Holzstapeln aufgeschichtet worden. Kein Zweifel, am heutigen Abend würden riesige Feuer den Nachthimmel erleuchten.

In den ersten beiden Reihen der Tribüne hatten bereits die ehemaligen Reiter und ihre Master Platz genommen. Als Henry gemeinsam mit den anderen die schmale Holztreppe hinauf in die letzte Reihe der Tribüne stieg, winkte ihm ein gut gelaunter Graham zu, der an der Seite von Master Duncan saß. Henry winkte erfreut zurück.

„Da scheinst du ja einen neuen besten Freund gefunden zu haben“, bemerkte Lucy spitz.

„Tja, frag dich mal, woran das liegt“, konterte Henry.

„Leute“, keuchte Arthur hinter ihnen. „100 % negativ. Reißt euch mal zusammen!“

Ihre Drachen hatten sich in der Zwischenzeit unter den Bannern ihrer Clans versammelt. Majestätisch standen sie da, mit geschwellter Brust und auf dem Rücken gefalteten Flügeln, und warteten auf die Reiter und Drachen des Abschlussjahrgangs.

Sechs goldgehörnte kaukasische Vierhörner harrten unter dem Banner der Abercrombies aus. Ihre pechschwarzen Zwillingsbrüder mit den blutroten Hörnern hatten sich neben dem Fahnenmast des Murray-Clans eingefunden.

Chloé deutete auf Tausendschön, ihre Maskara-Drachendame, die mit ihren Artgenossen unter dem Banner der Eclaires stand. Sie veränderten ständig ihre Farbe. Aufeinander abgestimmt, durchliefen Wellen von Rot nach Blau, von Grün nach Gelb und von Violett nach Weiß ihr Schuppenkleid.

Die Mönchshauben des Dunbar-Clans, zu denen Arthurs Drache Pyrothargas gehörte, hatten allesamt ihre Drachenkämme aufgestellt, was eher lustig als majestätisch aussah.

„Sollte es anfangen zu regnen, können wir uns bei ihnen unterstellen“, witzelte Timothy.

Henrys Blick wanderte zu den Aquamarins des Duffy-Clans. Lucys Drache Wellentänzerin hatte genau wie ihre Artgenossen ihr Haupt würdevoll erhoben. Die einzelnen in sich gewundenen Hörner auf ihren Stirnen zeigten Richtung Himmel.

Ganz schön aufregend, ertönte Phönix' Stimme in Henrys Kopf.

Er sah zu seinem Drachen hinüber, der gemeinsam mit den anderen Teufelsgrinds unter dem Banner der McBains stand. Henry zählte insgesamt sechs Teufelsgrinds und wunderte sich, wo Happy abgeblieben war. Er suchte den Drachenacker ab und fand ihn schließlich etwas abseits neben Anonymus im Gras liegen. Henry schmunzelte. So polterig Happy ihnen gegenüber auch war – wenn es darauf ankam, konnte man auf ihn zählen. Er wich dem Blattfinger nicht von der Seite.

Henry verabschiedete sich von Phönix und knüpfte das Band zu Anonymus. „Ist alles in Ordnung bei dir?"

Der Blattfinger antwortete nicht. Erst als Henry nachbohrte, begann er stockend: *Alle anderen haben ihre Artgenossen ... und ihre Reiter ... Nur ich bin ganz allein.*

Henry konnte Anonymus verstehen. Trotzdem versuchte er, ihn aufzuheitern: „Happy ist doch bei dir. Und ich."

Ich weiß, sagte Anonymus tapfer und schmiegte sich in Gedanken an ihn. So fest, dass Henry kurz die Luft wegblieb. Doch er brachte es nicht über sich, ihm zu sagen, dass er das Band nicht so fest knüpfen durfte. Schließlich gab ihn Anonymus frei, und Henry wandte sich an Happy.

„Danke, dass du für ihn da bist", sagte er.

Die anderen Grinds gehen mir eh auf den Wecker, gab er unwirsch zurück. *Kaum zu glauben, aber ich hatte wirklich das*

Gefühl, dass keiner von ihnen bemerkt hat, wie großartig mein Schuppenkleid glänzt.

Er bewegte sein Hinterteil hin und her, um die letzten Sonnenstrahlen einzufangen. Und wirklich, mal abgesehen von den Maskaras glitzerte niemand so schön wie Happy.

Er deutete mit seiner Schnauze in den Himmel. *Es geht gleich los,* sagte er knapp. *Kümmere dich darum, dass Phönix keinen Mist anstellt,* befahl er und kappte das Band.

Scherzkeks, dachte Henry. *Ich habe doch selbst keine Ahnung, was gleich passiert.*

Doch Arthur, der neben ihm und Lucy saß, plapperte bereits aufgeregt auf sie ein. „Also, ich habe alles über die Zeremonie gelesen. Folgendes wird passieren: Die Drachen des Abschlussjahrgangs werden gleich mit ihren Reitern hier eintreffen. Als Nächstes werden sie den Holzstapel entzünden, der neben ihrem Clanwappen aufgebaut wurde. Die Feuer symbolisieren das Bündnis, das einst zwischen unseren Clans und den Drachen geschlossen wurde."

„Das Bündnis der Sieben Feuer", murmelte Lucy.

„Ganz genau", bestätigte Arthur. „Jedes Jahr werden die Feuer entzündet. Sie stehen für die Erneuerung des Pakts. Ein bisschen so wie das olympische Feuer. Die Flamme wird von den scheidenden Reitern symbolisch an die nächste Generation übergeben. Und solange das Feuer brennt, wird das Bündnis bestehen bleiben. So haben es die ersten Reiter und die ersten Drachen ..."

Timothy unterbrach ihn. „Entspann dich, Arthur, und verrate uns nicht schon alles. Schon vergessen? Unsere Prüfungen sind vorbei. Wir können uns das Spektakel hier ganz in Ruhe anschauen."

Henry war sich da nicht so sicher und rutschte unruhig auf seinem Platz hin und her. „Was passiert denn mit dem siebten Holzstapel? Der, der neben dem Fahnenmast des siebten Clans steht?"

Arthur setzte seine Brille ab und putzte die Gläser gewissenhaft mit dem Zipfel seines Umhangs. „Tja, der Stapel wird zwar aufgebaut, aber nicht mehr entzündet", sagte er bedauernd. „Er symbolisiert den Bruch der Crawfords, des siebten Clans, mit dem Bündnis. Eine Flamme des Bündnisses ist sozusagen erloschen."

Das wird Anonymus gar nicht gefallen, dachte Henry und schielte zu dem jungen Blattfinger hinüber.

Die Sonne war mittlerweile im Meer versunken, und es war dunkel geworden.

Und dann kamen sie. Die Umrisse der Drachen des Abschlussjahrgangs schälten sich wie riesige Fledermäuse aus dem nur noch vom Mond beschienenen Himmel. Auf den Rücken saßen ihre Reiter auf ihrem letzten Flug. Einer nach dem anderen landeten die Drachen neben ihren Artgenossen, die sie unter den Bannern ihrer Clans erwarteten.

Mit der Ankunft des letzten Jahrgangs hatten sich die Ehemaligen von ihren Plätzen erhoben und verließen die Tribüne.

In ihre langen schwarzen Mäntel gekleidet schritten sie feierlich zu ihrem jeweiligen Clan. Selbst Sir Logan, Edwards Ururonkel, der beim Festessen in der großen Halle noch in einem Rollstuhl gesessen hatte, war aufgestanden und ging gestützt von zwei anderen Ehemaligen in kleinen Schritten über den Drachenacker.

In seiner Hand hielt er eine Fackel, deren Flamme im Wind flackerte. Und während sich die Ehemaligen unter dem Banner ihres Clans aufstellten, waren die Reiter der Abschlussklasse von den Rücken ihrer Drachen gestiegen.

Eine gespannte Stille lag über dem Drachenacker. Niemand sprach mehr, nur der Wind heulte über die Ebene des Drachenackers, und die Wellen des Meeres schlugen gegen die Felsen der Steilküste.

Der Reiter des McBain-Clans machte den Anfang. Er kniete sich vor seinen Drachen, dessen mächtiges Haupt sich im Mondlicht abzeichnete. Seine beiden geschwungenen Hörner ragten wie verbogene Lanzen in den Himmel. Einen Moment lang schien die Zeit stillzustehen.

Dann beugte der Teufelsgrind das Haupt zu seinem Reiter hinunter. Henry wusste, dass er Lenny Andrews hieß und sein Drache auf den Namen Glutwall hörte. Die beiden schienen in ein Gespräch versunken. Schließlich streckte Lenny seine Arme vor. Ganz langsam. Und dann umfasste er die Hörner seines Drachen, die empfindlichste Stelle. Henry wusste aus eigener Erfahrung, dass man die besser nicht berührte!

Doch Lennys Grind ließ seinen Reiter gewähren. Drache und Reiter pressten ihre Stirnen aneinander und verharrten einen langen Augenblick. Dann begann es im linken Auge des Drachen zu glitzern. Und als er es schloss, rann ihm eine Träne das schuppige Gesicht hinab. So groß, dass Henry sie von der letzten Tribünenbank aus erkennen konnte. Lenny ließ die Hörner seines Drachen los und fing die Träne in seiner hohlen Hand auf.

„Was passiert denn da gerade?", flüsterte Timothy neugierig.

„Erst willst du nicht, dass ich dir was über die Zeremonie erzähle, und jetzt fragst du doch wieder", beschwerte sich Arthur.

„Jetzt sag schon", drängte Timothy.

„Das ist die Träne der Erinnerung", seufzte Arthur. „Darüber hat uns doch schon Master Nicolas berichtet. Wenn die äußere Hülle abgekühlt ist, wird sie hart wie ein Diamant. Doch das Innere der Träne bleibt flüssig. Und in der Flüssigkeit sind auf ewig die schönsten Erinnerungen gefangen, die ein Reiter und sein Drache teilen", erklärte Arthur weiter. „Es ist das größte Geschenk, das ein Drache seinem Reiter machen kann."

„Psssst", zischte Lucy. „Das ist doch der schönste Moment. Hört auf zu quatschen!"

Die ehemaligen Reiter blickten Lenny fragend an, und er nickte. Dann räusperte er sich und begann zu sprechen: „Glutwall hat mir einen Namen genannt. Den Namen seines neuen Reiters."

Die Ehemaligen verbeugten sich vor Lenny. Dann reichten sie die Fackel von einem zum anderen. Durch alle Hände der ehemaligen Reiter ging sie, bis sie schließlich wieder bei Lenny ankam.

„Wir geben niemals auf!“, rief er feierlich. „Die Flamme der McBains soll ewig für das Bündnis brennen.“

Er hielt die Fackel zwischen zwei Scheite und setzte den Holzstapel in Brand. Im selben Moment spie ein Teufelsgrind nach dem anderen einen Feuerball in den Nachthimmel. Auch Happy hatte sich erhoben, um es seinen Artgenossen gleichzutun.

Auf der Tribüne brach tosender Applaus los. Erst als Master Duncan um Ruhe bat, verebbte das Klatschen wieder.

Die Zeremonie ging weiter. Die Reiter des Abschlussjahrgangs verabschiedeten sich nun einer nach dem anderen von ihren Drachen. Sie nahmen die Tränen der Erinnerung in Empfang, gaben bekannt, dass sie die Namen der neuen Reiter genannt bekommen hatten, und entzündeten die Feuer.

„Ich liebe!“, rief die Reiterin des Aquamarins in die Nacht. „Die Flamme der Duffys soll ewig für das Bündnis brennen.“

„Hungrig nach Bildung, durstig nach Wissen!“, fiel der Reiter der Mönchshaube ein. „Die Flamme der Dunbars soll ewig für das Bündnis brennen.“

„Wir brennen nicht, wir leuchten!“, hallte das Clanmotto der Eclairs über den Drachenacker. „Die Flamme der Eclairs soll ewig für das Bündnis brennen.“

„Niemand reizt mich ungestraft!“, rief Stewart Todd das Clanmotto der Murrays in die Nacht. „Die Flamme der Murrays soll ewig für das Bündnis brennen.“

Als Letztes verkündete der Reiter der Abercrombies seine Botschaft. „Aus vielen mach eins! Die Flamme der Abercrombies soll ewig für das Bündnis brennen."

Ergriffen starrte Henry auf den Drachenacker. Seine Hände waren vom vielen Applaudieren schon ganz taub geworden.

Sechs Feuer erleuchteten nun die Nacht. Die Flammen schlugen so hoch in den Himmel, als wollten sie den Mond verbrennen. Und der Applaus, der den Reitern von der Tribüne entgegenschlug, war lauter als das Tosen des Meeres.

Henry!, ertönte da eine Stimme in seinem Kopf. Im ersten Moment wusste er nicht, wer da zu ihm gesprochen hatte. *Henry!*, erklang es abermals. Es war Anonymus, der mit aller Macht das Band zu ihm knüpfte. *Es ist so weit!*, rief er aufgeregt. *Mein Reiter. Nein, meine Reiterin. Ich weiß ihren Namen.*

„Jetzt?", fragte Henry verdattert.

Ja, jetzt. Komm runter, damit ich ihn dir nennen kann. Komm schnell, bevor er wieder verschwindet.

„Jetzt?", fragte Henry noch einmal begriffsstutzig.

Sofort!, drängte der Blattfinger. Er hatte sich bereits erhoben und war zu dem einzigen Holzstapel gegangen, der nicht entzündet worden war.

Henry stöhnte. Na toll, die Aufmerksamkeit im großen Saal hatte ihm eigentlich gereicht. Er hatte keine Lust, schon wieder im Mittelpunkt zu stehen.

„Können wir das nicht auf morgen verschieben?", fragte er schwach.

Nein, es muss jetzt passieren. Ich fühle es. Der Name ist aufgetaucht, als die Feuer entzündet wurden, und ich spüre, dass er wieder in den Tiefen meines Gedächtnisses verschwinden wird, sobald die Feuer erlöschen.

„Oh Mann", ächzte Henry. „Warte kurz, ich spüre, dass Happy mit mir sprechen möchte."

Es ist so weit, oder?, fragte der Teufelsgrind. *Anonymus kennt den Namen seines Reiters.*

„Seiner Reiterin", verbesserte ihn Henry. „Aber ja, er kennt ihren Namen. Und er will, dass ich jetzt zu ihm herunterkomme, um ihn mir nennen zu lassen."

Worauf wartest du dann noch? Geh!, befahl Happy.

„Aber ich kann doch nicht die Zeremonie stören", protestierte Henry schwach. „Außerdem halten mich seit gestern eh schon alle für seltsam ..."

Das Richtige zu tun, wenn einem alle applaudieren, ist leicht, sagte Happy. *Das Richtige zu tun, wenn einem Unverständnis und Feindseligkeit entgegenschlagen, ist wahrer Mut. Das ist einer der Momente, in denen du über dich hinauswachsen kannst. In denen ein Zwerg wie du zum Riesen wird. Deine Entscheidung!*

Happy kappte das Band.

„Oh Mann", stöhnte Henry und stand auf.

„Was hast du vor, Henry?", fragten Lucy und Arthur verwundert, als er sich an ihnen vorbeidrängte. Doch Henry antwortete nicht.

Schnell!, drängte Anonymus aufgeregt, der das Band erneut zu ihm geknüpft hatte.

Henry stolperte weiter. Vorbei an seinen Mastern und den ehemaligen Reitern. Als er auf den Drachenacker hinaustrat, hörte er, wie der Applaus und das Johlen von den Rängen leiser wurde. Aufgeregtes Tuscheln setzte ein.

Mit jedem Schritt, den Henry in Richtung Anonymus tat, wurde es stiller auf dem Drachenacker. Mittlerweile waren alle Augen auf ihn gerichtet.

„Das Richtige tun, das Richtige tun, das Richtige tun", murmelte Henry vor sich hin, um sich Mut zu machen.

Schließlich erreichte er Anonymus. Der Blattfinger hatte sich die Pose der anderen Drachen abgeschaut. Würdevoll und mit breiter Brust saß er auf seinen Hinterläufen zwischen dem aufgetürmten Holzstapel und dem Banner des Crawford-Clans. Mit dem Unterschied, dass er mutterseelenallein war.

Henry trat zu ihm. „Da hast du dir ja wirklich einen großartigen Moment ausgesucht, mir den Namen deiner ersten Reiterin zu verkünden", teilte Henry ihm bissig mit.

Doch Anonymus war viel zu aufgeregt, um die Ironie in Henrys Stimme zu bemerken.

Er beugte sein Haupt, sodass die Spitzen seiner Hörner, die aussahen wie ein riesiges Hirschgeweih, vor Henrys Gesicht schwebten.

Henry McGregor aus dem McBain-Clan, sagte er feierlich. *Du warst es, der mich befreit und die Blattfinger zurück zur*

Insel der Sieben Feuer geführt hat. Nun bitte ich dich, mich erneut freizugeben. Als Beweis meines Vertrauens fordere ich dich auf, meine Hörner zu ergreifen, sodass ich dir den Namen meiner ersten Reiterin nennen kann. Anonymus' Stimme hatte einen seltsamen Klang angenommen. Es war nicht die Stimme des jungen Blattfingers, die Henry in seinem Innern hörte, sondern ein uralter Gesang, in dem sich die Stimmen aller Blattfinger, die vor Anonymus gewesen waren, zu einer Stimme verbanden.

Henry zögerte kurz, doch dann tat er, wie ihm befohlen worden war, und griff nach den Enden von Anonymus' Hörnern. Ein Blitz durchfuhr ihn, wie er ihn nur einmal zuvor in seinem Leben gespürt hatte, als er unwissend nach Happys Hörnern gegriffen hatte. Das Gesicht eines blassen rothaarigen Mädchens tauchte vor seinem inneren Auge auf, begleitet von einem Namen: Violet Salisbury.

Henry ließ Anonymus' Hörner los und drehte sich um. Er blickte in ein Meer aus Gesichtern, die ihn verblüfft, fassungslos und zum Teil verärgert anstarrten.

Und dann waren da Worte in seinem Innern, die er nie zuvor gehört hatte. Doch er wusste, dass er sie laut aussprechen musste. Mit aller Macht drängten sie aus seinem Herzen Richtung Mund.

Er holte tief Luft und rief sie über den Drachenacker:

Wird das Bündnis verraten, wird Feuer zu Stein.
Und dieser Fluch soll für immer sein.

Doch wird ein neues Feuer entfacht,
wird eine neue Zunge zum Reden gebracht
und schließlich ein neuer Reiter erkoren,
dann wird aus Stein neues Feuer geboren.

Kaum hatte er die Worte ausgesprochen, spürte er, wie ihn alle Kraft verließ. Kleine Lichtpunkte tanzten wie tausend Flammen vor seinen Augen. Dann wurde es langsam schwarz. Das Letzte, was er mitbekam, war, wie Anonymus seine Schwingen ausbreitete und mit einem riesigen Feuerschwall den Holzstapel unter dem Banner des siebten Clans in Brand setzte.

Das Erste, was Henry vernahm, als er erwachte, war Phönix' Stimme in seinem Herzen.

Henry ... Henry ... Henry ... hörte er ihn leise, aber unermüdlich nach ihm rufen.

Als Nächstes nahm er die Hand wahr, die seine hielt. Und ohne die Augen zu öffnen, wusste er, dass es Lucy war, die neben ihm saß. Dann drangen andere Stimmen an sein Ohr. Er erkannte einige seiner Lehrer. Master Duncan und Mistress Dora diskutierten mit ein paar anderen, ihm unbekannten Erwachsenen. Wahrscheinlich Ehemalige. Henry war noch nicht bereit, sich ihren Fragen zu stellen. Er hielt die Augen geschlossen und knüpfte erst einmal das Band zu Phönix.

„Phönix", flüsterte er in Gedanken. „Kannst du mir verzeihen?"

Henry!, ertönte Phönix' Stimme erneut in seinem Herzen. Dieses Mal lauter und erleichtert, dass er endlich wach war. *Was soll ich dir denn verzeihen?*, fragte sein Drache verwundert.

„Na ja, dass ich Anonymus' Hörner berührt habe."

Eine engere Bindung zwischen Drachen und Reitern gab es nicht, und Henry hatte Angst, dass Phönix eifersüchtig reagieren würde.

Quatsch, erwiderte Phönix. *Ist mir ganz egal, ob du ihm an seinen Hörnern, seinem Rückenkamm oder den Zehen rumfummelst. Wir zwei sind mit unseren Herzen verbunden. Und das ist das Einzige, was zählt.* Er gluckste. *Das war übrigens ein ganz schöner Tumult, den du und Anonymus da auf dem Drachenacker ausgelöst habt. Nachdem du in Ohnmacht gefallen bist und Anonymus den Holzstapel in Brand gesetzt hat, sind alle Menschen ganz aufgeregt hin und her gelaufen. Erst als Happy zu dir gestapft ist, sich vor dich gestellt und einen Feuerschwall losgelassen hat, bei dem man Angst haben konnte, er würde ganz Sieben Feuer in Brand stecken, haben sie sich wieder beruhigt. Ich habe dich dann zur Wolkenburg geflogen,* fuhr er stolz fort, *und habe auf deinen Master gewartet, der dich in eure Menschenhöhle getragen hat.*

„Das heißt, ich bin in unserem Turmzimmer?"

Ich glaube, ja. Mach doch die Augen auf und schau dich um.

„Ich habe eigentlich keine Lust, die anderen zu sehen, aber es führt wohl kein Weg daran vorbei", seufzte Henry.

Henry drückte kurz Lucys Hand, und sie erwiderte den Druck, dann öffnete er die Augen.

„Eine Rückkehr des siebten Clans halte ich für mehr als gefährlich. Sie haben das Bündnis verraten!", schimpfte Stewart Todd senior.

„Das war vor über dreihundert Jahren!“, widersprach ein anderer Ehemaliger. Zwischen halb geschlossenen Lidern erkannte Henry das Wappen der Abercrombies auf seiner Brust. „Damals haben uns eine Goldzunge und die Blattfinger verraten, und jetzt sollen wir einer Goldzunge und einem Blattfinger vertrauen, die das Bündnis wiederherstellen wollen?“

„Du redest hier von Henry!“, donnerte Master Duncan. „Einem elfjährigen Jungen, der sich nichts hat zu Schulden kommen lassen. Ganz im Gegenteil. Wäre er nicht gewesen, wäre jetzt wahrscheinlich neben dem jungen Blattfinger auch der junge Teufelsgrind in ihrer Gewalt. Und wir wüssten immer noch nicht, dass die alte Hexe noch lebt und es auf uns abgesehen hat.“

„Meine Herren, ich bitte euch!“, wiegelte Master Finley ab. „Wenn ihr weiter so rumschreit, weckt ihr den Jungen noch auf.“

„Zu spät“, murmelte Henry, und die anderen verstummten.

Henry setzte sich auf und ließ seinen Blick durch das Turmzimmer schweifen. Neben Master Duncan, Master Finley, Mistress Dora und Mistress Leonella hatten sich drei ehemalige Reiter eingefunden. Stewart Todd senior aus dem Murray-Clan, das Clanmitglied der Abercrombies, dessen Name Henry nicht kannte, und Graham Green, der es sich auf Arthurs Bett bequem gemacht hatte und ihm nun zuzwinkerte. Außerdem waren alle seine Freunde da. Lucy, Arthur, Timothy, Chloé und Edward.

„Henry!“, rief Master Duncan erleichtert. „Gott sei Dank. Du bist wieder wach.“ Er tätschelte ihm unbeholfen die Schulter. „Geht's dir gut?“

Henry nickte. Da hallte plötzlich ein Name durch seinen Kopf. So laut wie ein Donnerschlag.

„Violet Salisbury“, sagte er mit lauter Stimme.

„Kann der Junge nicht mal in ganzen Sätzen reden?“, beschwerte sich Stewart Todd senior, und Henry tat ihm den Gefallen.

„Violet Salisbury ist der Name, den Anonymus mir genannt hat. Der Name seiner ersten Reiterin.“

„Violet?“ Chloé, Edward und Timothy sahen sich erstaunt an.

„Salisbury?“ Stewart Todd senior und Master Finley reagierten ebenfalls überrascht.

„Wer ist denn nun diese Violet Salisbury?“, fragte Lucy genervt in die Runde.

„Du kennst die Salisburys nicht? Sie sind eine der angesehensten Adelsfamilien aus dem gesamten Vereinigten Königreich“, informierte Stewart Todd senior sie herablassend.

„Die haben Kohle ohne Ende“, ergänzte Timothy.

„Thomas Salisbury, 14. Duke of Sussex, 21. Earl of Arundel, 3. Earl of Sussex, 2. Visconte Hereford, 6. Baron de Ros, 18. Baron Strange of Blackmere, 16. Baron Talbot und 3. Baron FitzAlan“, leierte Arthur herunter.

„Erstaunlich“, sagte Stewart Todd senior und sah Arthur fasziniert an. „Du kennst alle Titel des Duke of Sussex auswendig?“

Arthur hob die Schultern. „Nicht nur die vom Duke of Sussex. Wenn Sie mögen, kann ich Ihnen alle Lordschaften des Königreichs runterbeten."

„Bitte nicht", murmelte Timothy.

„Wirklich erstaunlich", wiederholte Stewart Todd senior. „Und wer bist du genau, wenn ich fragen darf?"

„Arthur", sagte Arthur. „Arthur Doyle."

Stewart Todd senior wartete. Auf die Titel, die noch folgen würden. Doch Arthur war nur Arthur. Seine Eltern gehörten weder dem niederen Adel, geschweige denn dem Hochadel an. Sie waren ganz gewöhnliche Bürger.

Als Stewart Todd senior das begriff, erlosch das aufflackernde Interesse an Arthur sofort wieder.

„Und Violet ist ...?", fragte Henry.

„Violet ...", begann Chloé. „Nun, Violet ist halt Violet."

„Sie ist die Tochter des Duke of Sussex." Edward machte eine kurze Pause. „Und ... Na ja, sie ist speziell."

„Wenn ich recht informiert bin, gab es in der Familienhistorie der Salisburys einst eine Baronesse aus Schottland. Eine gebürtige Crawford, also eine Nachfahrin des siebten Clans. Das würde also passen", gab Master Finley zu bedenken und strich sich gedankenverloren über seinen kahlen Kopf.

Graham Green erhob sich schwungvoll aus Arthurs Bett. „Die Salisburys verbringen die Sommermonate wie jedes Jahr auf Schloss Arundel im Black Forest. Dort läuten sie am Wochenende die Jagdsaison ein. Das wäre doch eine gute Gelegenheit, der kleinen Salisbury die frohe Botschaft mitzuteilen, dass sie auserwählt wurde."

Master Duncan ließ sich stöhnend in einen der Sessel am Feuer fallen und legte sein Gipsbein auf dem Korb mit den Torfstücken ab. „Unauffälliger geht's wohl kaum. Ihr die Botschaft zu überbringen, während jede Menge geladene Gäste aus der High Society den Sommersitz der Salisburys bevölkern."

„Ich glaube, uns bleibt gar nichts anderes übrig", sagte Henry. „So, wie ich Anonymus verstanden habe, darf ich keine Zeit verlieren."

Graham Green hob die Schultern. „Je mehr Leute da sind, desto besser, oder? In dem ganzen Trubel wird uns kaum jemand beachten."

Master Duncan schob sich in seinem Sessel hoch. „Wieso uns?", fragte er erstaunt.

„Na ja, ich habe die Salisburys beim großen Fighting-Fifth-Hurdle-Rennen in Newcastle letztes Jahr im November kennengelernt, und sie haben mich zu ihrer Jagdgesellschaft eingeladen."

„Hast du deine Zeit also wieder mit Pferdewetten verschwendet?", sagte Stewart Todd senior spitz.

Graham beachtete ihn nicht. „Ich könnte Henry begleiten und ein Auge auf ihn haben."

„Meine Familie ist auch jedes Jahr eingeladen", sagte Chloé.

„Wir auch", ergänzte Timothy. „Mein Großvater und der alte Salisbury kennen sich noch aus ihrer Zeit beim Militär."

Master Duncans Augenbrauen zogen sich zusammen. „Ich weiß nicht“, murmelte er.

Henry spürte, wie Lucy seine Hand losließ. Und nur deshalb bemerkte er, wie sie einen beunruhigten Blick mit Mistress Dora austauschte.

„Ich komme auch mit“, sagte sie schnell.

Stewart Todd senior musterte sie abschätzig. „Tut mir leid, Fräulein. Aber Kinder aus dem gemeinen Pöbel werden die Salisburys sicherlich nicht auf ihrem Sommersitz dulden. Das gilt übrigens auch für den da.“ Er wies mit dem Kinn in Henrys Richtung.

„Lucy könnte sich als mein Zimmermädchen ausgeben“, sagte Chloé.

„Gute Idee“, rief Timothy. „Und ich könnte Henry als meinen persönlichen Stallburschen mitnehmen.“ Er grinste ihn schadenfroh an.

„Jetzt mal alle ganz ruhig miteinander“, dröhnte Master Duncan und erhob sich ächzend aus dem Sessel. „Da draußen lauert Lady Blackstone. Hier auf Sieben Feuer, wo wir euch im Auge haben, seid ihr sicher. Außerhalb der goldenen Grenze wird es aber wesentlich schwieriger, euch zu beschützen.“

„Da hast du recht, Duncan“, sagte Master Finley. „Allerdings“, er faltete seine tellergroßen Hände über dem Bauch, „allerdings würden die Kinder ja so oder so bald in die Sommerferien zu ihren Familien aufbrechen und den Schutz von Sieben Feuer verlassen.“

Master Duncan nickte und stemmte die Arme in die Seite. „Dazu habe ich mir bereits Gedanken gemacht. Bisher hat Lady Blackstone nur Timothy und Henry zu Gesicht bekommen. Die anderen Reiter des ersten Jahrgangs kennt sie nicht. Deshalb habe ich mit einer ganzen Reihe Ehemaliger gesprochen, die sich bereit erklärt haben, die beiden den Sommer über im Auge zu behalten."

„Sie wollen uns überwachen lassen?", fragte Timothy empört.

„Nicht überwachen. Im Auge behalten. Vielleicht erinnerst du dich noch daran, was dir die Hexe Blackstone alles antun wollte, als ihr das letzte Mal aufeinandergetroffen seid."

Timothy klappte den Mund auf und wieder zu. Master Duncan hatte recht. Lady Blackstone war unberechenbar und schreckte vor nichts zurück.

„Wenn ihr zwei", fuhr Master Duncan fort und sah sie streng an, „jetzt gemeinsam mit Lucy und Chloé zu diesen Salisburys fahrt und Lady Blackstone ebenfalls dort auftaucht, fliegt eure Tarnung schneller auf, als ihr *Drachenmist* sagen könnt."

Henry wusste, dass Master Duncan recht hatte. Aber er spürte auch, wie dringend Anonymus seine Reiterin finden musste.

„Ich werde da sein, um die Kinder zu beschützen. Sollte diese Blackstone auftauchen, bekommt sie es mit mir zu tun", sagte Stewart Todd senior gewichtig.

Henry bezweifelte zwar, dass ihnen der aufgeblasene Mann eine große Hilfe sein würde, aber er sagte nichts und lächelte ihn tapfer an.

„Ich auch“, sagte Graham Green. „Nur für den Fall der Fälle, dass Toddy nicht allein mit der Dame fertig wird.“

Er zwinkerte Henry wieder zu, der sich ein Grinsen verkneifen musste.

„Und Chloé und ich werden ebenfalls ein Auge auf die beiden haben“, sagte Lucy. „Vor sich selbst müssen sie schließlich auch noch beschützt werden.“

„Sehr witzig“, sagten Henry und Timothy wie aus einem Munde, doch Master Duncan schien sich geschlagen zu geben. Er tauschte Blicke mit den anderen Lehrern.

Master Nicolas räusperte sich. „Henry, die Prophezeiung, die du auf dem Drachenacker ausgesprochen hast …“

Henry erinnerte sich und murmelte erneut die Worte:

„Wird das Bündnis verraten, wird Feuer zu Stein.
Und dieser Fluch soll für immer sein.
Doch wird ein neues Feuer entfacht,
wird eine neue Zunge zum Reden gebracht
und schließlich ein neuer Reiter erkoren,
dann wird aus Stein neues Feuer geboren.“

Master Nicolas nickte. „Genau die. Woher kennst du sie, Henry?“

Henry zuckte mit den Schultern. „Die Worte waren auf einmal in meinem Kopf. Nachdem ich die Hörner von Anonymus berührt habe.“

„Ich habe die ganze Nacht damit verbracht, in der Bibliothek danach zu suchen“, sagte Master Nicolas. „Und schließlich bin ich fündig geworden. In der Magna Charta der ersten Reiter.“

„In der was?“, fragte Timothy.

„Die Magna Charta ist so was wie der Vertrag, auf dem das Bündnis der Sieben Feuer gründet. Er wurde zwischen den ersten Reitern und den ersten Drachen geschlossen“, kam Arthur Master Nicolas zu Hilfe.

„So ist es“, bestätigte Master Nicolas und fuhr fort. „Wenn ich die Worte richtig interpretiere, könnte es sein, dass die Blattfingerdrachen von einst nach dem von Lady Blackstone angeführten Aufstand gar nicht gestorben sind, sondern lediglich in Stein verwandelt wurden.“

„*Wird das Bündnis verraten, wird Feuer zu Stein. Und dieser Fluch soll für immer sein*“, murmelte Arthur. „Sie meinen, dass das Feuer in dem Reim für Drachen steht?“

Master Nicolas nickte. „Für die Blattfinger, die in Stein verwandelt wurden.“

„*Doch wird ein neues Feuer entfacht, wird eine neue Zunge zum Reden gebracht ...*“, sagte Lucy aufgeregt. „Das neue Feuer könnte sich auf das Feuer beziehen, das Anonymus gestern Nacht entzündet hat.“

„Oder einfach auf seine Geburt. Ein neuer Blattfinger schlüpft, und das Bündnis kann erneuert werden“, vermutete Master Nicolas.

„Und die neue Zunge, die zum Reden gebracht wurde, bin ja dann wohl ich, oder?“, stöhnte Henry.

„Und dadurch, dass Violet Salisbury als neue Reiterin erkoren wurde, ist der Fluch nun gebrochen“, schloss Graham.

Alle sahen sich an.

„Und was zum Teufel hat das jetzt zu bedeuten?“, polterte Master Duncan. „Glaubt ihr etwa wirklich, dass die versteinerten Blattfinger zurückkehren werden?“

Master Nicolas und Mistress Dora nickten langsam.

„Und wo sind sie dann, bitte schön?“, fragte Master Duncan. „Verstecken sie sich vielleicht unter Henrys Bett?“

Mistress Dora ergriff das Wort: „Machen Sie sich nicht lächerlich! Solange diese Violet und der junge Blattfinger das Bündnis nicht eingegangen sind, ist der Fluch natürlich noch wirksam.“

„Und danach werden die Drachen einfach so wieder lebendig?“

Master Nicolas wiegte den Kopf hin und her. „Darüber habe ich mir auch schon Gedanken gemacht. Ich weiß es aber nicht.“

„Es könnte also durchaus sein, dass die sechs Blattfinger zum Beispiel mitten in London wieder zum Leben erwachen? Im Feierabendverkehr?“, fragte Master Duncan ungläubig.

„Nun, vielleicht nicht gerade mitten in London. Mir ist nicht bekannt, dass es dort riesige Drachenstatuen geben würde. Aber ja, irgendwo im Königreich wäre das dann der Fall“, bestätigte Master Nicolas.

„Grundgütiger!“, seufzte Stewart Todd senior.

„Nun, solange die Prophezeiung nicht erfüllt ist, wird nichts passieren. Deshalb solltet ihr erst mal diese Violet nach Sieben Feuer bringen. Und dann finden wir heraus, wo die Steindrachen sind“, sagte Mistress Dora. Wieder tauschte sie einen vielsagenden Blick mit Lucy. „Lucy und ich werden das Drachenorakel dazu befragen.“

Master Duncan nickte. Das hörte sich nach einem guten Plan an. „Ich würde ja selbst mit nach Schloss Arundel fahren. Aber mit dem hier“, er klopfte sich auf sein Gipsbein, „wäre ich wohl keine große Hilfe.“

„Und bei allem Respekt“, ergänzte Stewart Todd senior, „eine Piratenaugenklappe, ein Schnauzbart wie ein Walross, lange Haare wie ein Wikinger und ein Aufzug wie ein Rumtreiber. Deine Erscheinung auf dem Fest wäre in etwa so unauffällig wie die eines Drachen in der Londoner Innenstadt.“

Es war also entschieden, dachte Henry. Bevor die Sommerferien begannen, mussten sie ein weiteres Abenteuer bestehen.

Master Duncan stand auf dem Anlegesteg. Hinter ihm schaukelte sein altes Wasserflugzeug sanft auf den Wellen hin und her.

Henry und seine Freunde standen neben ihren gepackten Taschen vor ihm und warteten.

Master Duncan gähnte herzhaft und starrte dann auf das zerknitterte Blatt Papier, das er in seiner rechten Hand hielt. „Check. Check. Check“, murmelte er, als er die einzelnen Punkte auf der Liste durchging und sich mit dem kleinen Finger seiner rechten Hand die Narbe unter seiner Augenklappe rieb. „Also noch mal“, sagte er, und Henry und die anderen stöhnten innerlich auf. Sie hatten den Plan gefühlt schon hundert Mal besprochen. Doch Master Duncan war unerbittlich. „Ich bringe euch zurück nach London. Dort werden deine Eltern dich und Lucy einsammeln und mit euch nach Arundel fahren.“

Chloé nickte.

„Sie wissen, dass ihr im Namen von Sieben Feuer einen Auftrag erledigen müsst. Allerdings sind sie natürlich nicht über die Hintergründe informiert. Und das muss auch so bleiben." Er blickte die Mädchen streng an. „Die erste Regel von Sieben Feuer?"

„Alles bleibt geheim. Nichts, aber auch gar nichts über die Insel oder das Internat werden wir jemals irgendjemandem erzählen. Nicht unseren Eltern, nicht unseren besten Freundinnen, nicht mal unseren Haustieren oder unserem Tagebuch", leierten die Mädchen runter.

Master Duncan wandte sich an Henry und Timothy.

„Timothy, der Chauffeur deines Großvaters holt euch beide ab. Er weiß auch nicht mehr, als dass ihr eine Aufgabe zu erledigen habt. Was tut ihr, falls ihr euch dennoch verplappert?"

„Wir sorgen dafür, dass die Person, der wir unser Geheimnis verraten haben, einige Tropfen vom Saft des Vergessens zu sich nimmt", sagte Timothy.

„Denn dann wird sie alles, was sie über die Drachen erfahren hat, sofort wieder vergessen", ergänzte Henry.

Master Duncan nickte zufrieden. „Ihr seid nicht so dumm, wie ihr ausseht."

Er blickte wieder auf seine Notizen.

„Also weiter. Was tut ihr, wenn ihr auf Arundel angekommen seid?"

„Henry und ich geben uns als Bedienstete aus", sagte Lucy. „Ich als Chloés Zimmermädchen und Henry als Stallbursche. Wir bekommen wahrscheinlich Zimmer im Angestelltentrakt. Dort warten wir, bis Timothy und Chloé bei uns auftauchen."

„Und wir werden uns auf die Suche nach Violet machen und sie unter einem Vorwand zu den Zimmern der beiden locken", sagte Chloé.

„Und dort werde ich dann dieser Violet sagen, dass sie auserwählt wurde", ergänzte Henry.

Master Duncan nickte. „Weiter", befahl er.

„Sobald Violet informiert ist, geben wir Sir Stewart Todd senior und Graham Bescheid, damit sie Violets Eltern darüber informieren können, dass sie für Sieben Feuer ausgewählt wurde", sagte Henry.

Master Duncan nickte wieder. „Und dann macht ihr euch alle gemeinsam auf den Weg nach London. Dort sammle ich euch an den Docks ein, und wir fliegen zurück nach Sieben Feuer."

Master Duncan zog ein Handy aus seiner Manteltasche. „Ihr wisst, was ich von den Dingern halte. Aber hier. Nimm das. Es ist nur eine einzige Nummer eingespeichert. Und zwar meine. Solltet ihr auch nur den leisesten Verdacht haben, dass Lady Blackstone bei den Salisburys auftaucht, ruft ihr mich an. Und sei es nur, dass ihr glaubt, euch sei der Geruch eines Blackstone-Pupses in die Nase gestiegen. Verstanden? Anrufen! Dann komme ich euch holen, und wir brechen die Aktion ab."

Henry sah ihn zweifelnd an.

„Echt jetzt?", murmelte Timothy.

Master Duncan funkelte sie böse an und streckte Henry seine Hand entgegen. „Los, gib es mir zurück."

Henry reichte ihm verblüfft das Telefon.

Master Duncan wandte sich an Lucy. „Hier, nimm du es. Den beiden Knallköpfen kann man nicht trauen."

Lucy nahm das Telefon grinsend entgegen und ließ es in ihre Tasche gleiten.

Master Duncan ging die letzten Punkte auf seiner Liste durch. „Henry, dein Messer?" Henry zeigte ihm seinen Drachendolch. „Und Chloé, hast du die Phiolen mit dem Unsichtbarkeitssaft, dem Heiltrank und dem Elixier des Vergessens?"

Chloé deutete auf ihren Koffer. „Alles sicher verstaut."

„Nun gut", murrte Master Duncan. „Dann können wir wohl aufbrechen."

Sie verabschiedeten sich von Arthur und Edward, die auf Sieben Feuer die Stellung hielten.

Das altersschwache Flugzeug hüpfte mit dröhnenden Motoren über das Wasser und erhob sich schließlich in die Luft. Links und rechts von ihnen tauchten ihre Drachen auf, um sie bis zur goldenen Grenze zu begleiten.

Danke, Henry! Ich stehe auf ewig in deiner Schuld, verabschiedete sich Anonymus von ihm.

Pass auf dich auf!, rief Phönix.

Versau es nicht!, ermahnte ihn Happy.

Barnabas?"

„Ja, Master Timothy?"

„Wissen Sie, wie lange die Fahrt nach Schloss Arundel noch dauert?"

Barnabas blickte in den Rückspiegel, und Henry spürte, wie die Augen des Chauffeurs ihn und Timothy abwechselnd musterten.

„Es dauert so lange, bis wir da sind, Sir."

„Wahnsinnig hilfreich, Barney", murrte Timothy.

Er und Henry saßen im schwarzen Rolls-Royce Phantom von Timothys Großvater und glitten aus London Richtung Süden. Nur eine halbe Stunde vorher hatte Master Duncan sie mit seinem Wasserflugzeug an den Docks abgesetzt.

Henry sah sich im Wagen um. Er hatte noch nie in einem Rolls-Royce gesessen.

„Gefällt Ihnen der Wagen, Sir?", fragte Barnabas. Als Henry nicht antwortete, sprach ihn der Chauffeur erneut an. „Sir?"

Henry fuhr erschrocken in seinem Sitz auf. „Sie meinen mich?"

„Sehr wohl, Sir."

Henry schüttelte den Kopf. „Nennen Sie mich doch bitte Henry, Sir", sagte Henry. „Ich bin kein Sir."

„Ich bin kein Sir, Sir. Nennen Sie mich bitte Barnabas."

„Vielleicht Sir Barnabas?", fragte Henry.

„Nein, Sir Henry. Barnabas genügt vollauf."

„Aber Sir", sagte Henry.

„Nur Barnabas, Sir", fiel ihm der Chauffeur ins Wort,

Timothy fing an zu lachen. „Vergiss es, Henry. Barney ist eine zu harte Nuss für dich. Er bestimmt die Spielregeln. Er nennt dich Sir, und du nennst ihn Barnabas. Sonst kommen wir hier nicht weiter."

„Und, Sir?", fragte Barnabas erneut. „Wie gefällt Ihnen der Wagen?"

„Beeindruckend", antwortete Henry matt.

Die Miene von Barnabas bewegte sich keinen Millimeter. Doch irgendwie hatte Henry das Gefühl, dass der Blick des Chauffeurs etwas weicher geworden war.

„Ich glaube, er mag dich", flüsterte Timothy ihm zu.

Barnabas setzte den Blinker, und sie bogen von der Schnellstraße ab. London hatten sie hinter sich gelassen, und die Gegend wurde einsamer. Die Straße vor ihnen wand sich durch eine sanfte Hügellandschaft. Am Horizont konnte man bereits die Tannenspitzen des Black Forest erkennen.

Barnabas deutete auf die große lederne Tasche, die auf der Rückbank zwischen ihnen stand.

„Meine Herren, es wird Zeit, dass Sie sich umziehen. In dem Aufzug", er deutete auf ihre Kilts, „werden Sie auf Arundel sicher nicht empfangen werden." Er rümpfte die Nase. „Und wenn ich mir eine Bemerkung erlauben darf, Sie beide riechen wie eine Mischung aus gut abgehangenem Schinken und dem Zigarrensalon Ihres Großvaters. Die Insel der Sieben Feuer macht ihrem Namen wirklich alle Ehre."

„Wenn du wüsstest, Barney!", schnaubte Timothy.

Henry sah seinen Freund warnend an. Er war sich nicht sicher, wie gut das Geheimnis ihrer Drachen bei Timothy aufgehoben war. Der zog den Reißverschluss der Tasche auf, reichte Henry einen Stapel Klamotten und nahm sich den anderen.

„Soll ich links ranfahren?", fragte Barnabas, doch die beiden Jungen schüttelten den Kopf. Der Rolls-Royce war so geräumig, dass sie sich bequem während der Fahrt umziehen konnten.

„Die Sachen sind ja nagelneu", freute sich Timothy, als er sich das hellblaue Hemd zuknöpfte und den Reißverschluss der dunkelgrünen Cordhose hochzog.

Henry hatte sich unterdessen eine Jeans und einen grauen Kapuzenpulli angezogen.

„Tut mir leid, Sir. Mir wurde aufgetragen, Ihnen diese Ausstattung zu besorgen." Barnabas hob bedauernd die Schultern.

„Machen Sie sich keine Sorgen, alter Junge", sagte Timothy. „Henry ist *undercover* unterwegs. Als mein Stallbursche." Er zwinkerte Henry zu, der mit den Augen rollte. „Das war übrigens meine Idee", fuhr Timothy stolz fort.

„Du weißt schon, dass *undercover* bedeutet, dass du niemandem erzählen solltest, dass ich *undercover* bin, oder?“, fragte Henry genervt.

„Aber, Sir“, entgegnete Barnabas gekränkt. „Ich bin so verschwiegen wie das Grab des großen Boris Karloff.“

„Hä?“, machte Henry.

„Sicher irgendein uralter Schauspieler“, raunte Timothy. „Barney ist großer Stummfilmfan.“

Sie bogen erneut ab und passierten ein riesiges schmiedeeisernes Tor. Links und rechts saßen zwei steinerne Löwen auf den Torpfeilern und starrten würdevoll auf sie hinab. Ihre Mähnen waren von Moos überwuchert.

Barnabas hatte das Tempo gedrosselt. Am Wegesrand standen dicke Eichen, deren Kronen sich über ihnen berührten. Am Ende der Auffahrt passierten sie das Burgtor. Sie fuhren weiter über einen mit weißen Kieselsteinen bedeckten Weg, bis sie vor einem riesigen Springbrunnen anhielten und aus dem Wagen stiegen.

Ein Hirsch aus weißem Marmor spie Wasser in die Luft. Um ihn herum standen und saßen so ziemlich alle Tiere des Waldes und spien ebenfalls kleinere Fontänen. Wildschweine, Füchse, Dachse, Hasen und Marder. Henry fand, dass der Brunnen ziemlich kitschig aussah.

Hinter dem Springbrunnen erhob sich majestätisch Arundel Castle. Henry legte beeindruckt den Kopf in den Nacken und versuchte die Türme zu zählen, die wie Baumstämme aus den Dächern wuchsen. Die Brustwehre auf der Burgmauer und den Türmen waren mit Zinnen versehen.

Timothy stupste ihn an. „Nette Hütte, oder?“

Barnabas hatte ihr Gepäck aus dem Kofferraum geholt und es neben ihnen abgestellt, als es hinter ihnen ungeduldig hupte. Sie versperrten einem Geländewagen mit abgedunkelten Scheiben den Weg.

Ihr Chauffeur hob entschuldigend die Hände und stieg hastig wieder in den Wagen. „Sirs? Kann ich Sie mit dem Gepäck allein lassen?“

„Kein Problem, Barney. Ich habe ja meinen Stallburschen dabei. Der wird sich schon darum kümmern.“

Henry schaute sich erstaunt um. „Welcher Stallbursche?“

Timothy grinste ihn schadenfroh an. „Du natürlich. Wenn deine Tarnung nicht auffliegen soll, trägst du mir besser das Gepäck in mein Zimmer.“

„Du hast sie ja nicht ...“, begann Henry sich aufzuregen.

„Pssst!“, unterbrach ihn Timothy und deutete auf eine kleine Gruppe, die sich ihnen näherte. „Schau mal einer an. Da sind Chloé und Lucy ja schon. Ich frag mich, wie sie es geschafft haben, vor uns hier zu sein. Hat der gute Barnabas wahrscheinlich wieder einen Umweg genommen, um länger im Rolls-Royce durch die Gegend fahren zu können.“

Henry sah zu seinen Freundinnen. Ein drittes Mädchen war bei ihnen.

„Ist das etwa ...“

Timothy nickte. „Violet Salisbury höchstpersönlich. Wer hätte das gedacht! Vielleicht sind wir hier schneller wieder weg als gedacht. Schade eigentlich. Dich ein paar Tage als meinen Diener durch die Gegend zu scheuchen, hätte mir schon gefallen."

„Stallbursche, nicht Diener", begann Henry sich aufzuregen. Doch dann verstummte er ziemlich abrupt.

Er konnte nicht anders, als Violet Salisbury gebannt anzustarren. Noch nie hatte er ein hübscheres Mädchen gesehen. Ihre Haut war so blass wie Porzellan. Ihre Augen funkelten so grün wie die Schuppen von Anonymus, und ihre Haare waren von einem so leuchtenden Rot wie das Feuer, das Happy spie. Sie trug hohe schwarze Stiefel über einer braunen Reiterhose und eine blütenweiße Bluse, die über der Hose hing. Unter dem einen Arm klemmte ein Reiterhelm. In der anderen Hand hielt sie eine Reitgerte, mit der sie sich ungeduldig gegen den Stiefelschaft schlug.

„Violet", sagte Timothy, der weit weniger beeindruckt schien als Henry, und nickte dem Mädchen zu.

„Herzlich willkommen auf Arundel, Timothy", sagte Violet kühl. „Chloé kennst du?" Sie deutete mit den Augen auf Chloé, die neben ihr stand.

Timothy nickte Chloé grinsend zu. „Wir haben uns schon mal gesehen."

Henry zweifelte immer mehr an Timothys Talent für verdeckte Ermittlungen. Er räusperte sich, um sich bemerkbar zu machen.

„Ach genau", sagte Timothy. „Das hier ist übrigens Henry. Mein Stallbursche."

Violet sah ihn irritiert an. „Na und?" Sie kniff ihre smaragdgrünen Augen zusammen. „Meinst du, bei den ganzen Bediensteten, die dieses Wochenende auf Arundel verbringen werden, fange ich an, mir ihre Namen zu merken?" Sie musterte Henry kurz. „Ist er nicht viel zu jung für einen Stallburschen? Er wird ja kaum so alt sein wie ich. Na ja, ist ja auch egal. Jedenfalls freut es mich zu hören, dass es deiner Familie gelungen ist, ihr Bankhaus wieder zurück zu alter Stärke zu führen. Eine Familie mit eurer Tradition, die jahrelang die finanziellen Mittel vermissen ließ, um standesgemäß zu leben ..." Sie schüttelte bedauernd den Kopf. „Das war einfach unwürdig mit anzusehen. Aber jetzt ist ja wieder alles im Lot." Sie lächelte Timothy freundlich an.

Henry sah, wie die Ohren seines Freundes bei Violets Worten anfingen zu glühen. Dem sonst so schlagfertigen Timothy fehlten die Worte. Das arrogante Mädchen bemerkte davon nichts.

Sie deutete auf das Treiben auf dem Vorplatz der Burg. Eine dunkle Luxuslimousine nach der anderen kam vor dem Schloss an. Und fast alle zogen Pferdewagen hinter sich her.

„Vater hat mich gebeten, dass Chaos hier zu organisieren. Geh doch mit Chloé schon mal vor zu den Ställen. Ich komme gleich mit den Pferden unserer Gäste nach, um sie auf die einzelnen Boxen zu verteilen."

„Wir wollten eigentlich kurz mit dir sprechen, Violet", begann Chloé zögernd, doch Lucy stieß sie unauffällig in die Seite.

„Nicht hier. Zu viele Leute", murmelte sie.

Erst da schien Violet Lucy überhaupt zu bemerken. Sie musterte sie von oben bis unten. Ihr Blick blieb an Lucys Füßen hängen. Lucy hatte sich zwar bereit erklärt, auf die bunten Bänder, die sie sich sonst in ihre Locken flocht, aus Tarnungsgründen zu verzichten. Sie trug sogar eine Dienstmädchenuniform. Doch beim Schuhwerk hatte sie gestreikt. Wie immer lief sie barfuß durch die Gegend.

Violet schüttelte ungläubig den Kopf. „Ihr zwei habt wirklich ein Personalproblem. Kann dein Dienstmädchen etwa nicht mal eine Schleife binden, oder warum ist sie barfuß unterwegs?"

„Sie ... sie hat ganz schlimme Schweißfüße", stotterte Chloé. Ihr war auf die Schnelle keine bessere Ausrede eingefallen. Lucy starrte ihre Freundin ungläubig an, während Timothy und Henry sich das Lachen verkneifen mussten.

Bevor Violet reagieren konnte, rief jemand ihren Namen.

„Lady Violet, welch Vergnügen, Sie hier wiederzusehen. Nehmen Sie auch an der Jagdgesellschaft Ihres werten Papas teil?"

Violet wandte sich dem Mann zu, der sie angesprochen hatte, und errötete. Vor ihnen stand niemand anderes als Graham Green. Als Einziger hatte er es nicht für nötig befunden, seinen Aufzug dem vornehmen Rahmen anzupassen. Und mit keiner Geste ließ er sich anmerken, dass er Timothy, Henry, Lucy und Chloé kannte. Er beachtete sie nicht weiter. Sein schiefes Grinsen war allein für Violet gedacht.

Der weiß, wie man sich unauffällig benimmt, dachte Henry beeindruckt.

Violet schlug unterdessen die Augen nieder, nur um Graham im nächsten Moment einen schmachtenden Blick zuzuwerfen. „Vater hat es verboten. Aber selbst wenn er es mir erlauben würde, ich halte es für eine durch und durch unfaire Veranstaltung. Die Jäger auf ihren Pferden, die Hundemeute. Und alle gegen einen Fuchs."

Das Lächeln verschwand aus Grahams Gesicht, als er nickte. „Sie haben natürlich recht. Fair ist eine Treibjagd nie. Aber da Sie nicht teilnehmen, hat der Fuchs zumindest den Hauch einer Chance. Wäre eine so versierte Reiterin wie Sie mit von der Partie, wäre er von vorneherein verloren."

„Danke", hauchte Violet und wurde noch eine Spur röter. Graham zwinkerte ihr zu und wandte sich Richtung Schloss.

„Was für ein Mann“, stöhnte Violet, als Graham außer Hörweite war.

„Einer ohne Frisur, schlecht rasiert und mit unordentlichen Klamotten“, murmelte Lucy. Die anderen sahen sie erstaunt an.

Violets Augen verengten sich zu zwei schmalen Schlitzen. „Was fällt deinem Dienstmädchen ein?“, wandte sie sich an Chloé. „Keine Schuhe und kein Benehmen. Lass sie bloß nicht ins Schloss. Sollte sie Mutter unter die Augen kommen, würde sie deine Eltern sofort davon überzeugen, sie zu feuern.“

Erneutes Gehupe war zu hören. Dieses Mal gleich von mehreren Autos. Violet seufzte. „Ich muss mich um die Gäste kümmern. Denkt euch irgendwelche Aufgaben für euer Personal aus. Dann können wir uns nachher ungestört bei den Ställen treffen. Gegen sechs?“

Sie lächelte Chloé und Timothy an, drehte sich schwungvoll um und lief auf die hupenden Autos zu.

Lucy schüttelte ungläubig den Kopf. „Bist du sicher, dass Anonymus ihren Namen genannt hat. Da würde ich ihm ja noch eher die Hexe aus *Hänsel und Gretel* als erste Reiterin wünschen.“

„So schlimm ist sie doch gar nicht“, versuchte es Timothy. „Okay, ein bisschen eingebildet vielleicht, aber ansonsten ist sie doch ganz nett.“

„Nett?“, rief Lucy. „Gegen dieses Biest wirkt Lady Blackstone wie ein Lamm.“

Henry zuckte bei dem Namen Blackstone zusammen.

„Kommt Lady Blackstone etwa auch?“, fragte eine ältere Dame mit faltigem Gesicht und wagenradgroßem Hut, die auf sie aufmerksam geworden war.

Chloé sah die Dame erschrocken an und schüttelte den Kopf. „Keine Ahnung. Ich glaube nicht.“

Die Frau wandte sich enttäuscht wieder ihrem Butler zu, der versuchte, einen vollbepackten Gepäckwagen über den Kies zu schieben. „Die legendäre Lady Blackstone. Zu gerne hätte ich sie persönlich kennengelernt. Ich dachte, ich hätte ihren Namen gehört.“

„Leute, reißt euch zusammen!“, zischte Henry. „Bisher sind wir alles andere als unauffällig. Wenn das so weitergeht, müssen wir hier bald das Elixier des Vergessens ins Trinkwasser mischen.“

„Gut“, sagte Timothy. „Dann schnapp dir mal mein Gepäck, und bring es auf mein Zimmer.“

Henrys Miene verfinsterte sich noch mehr.

Timothy hob entschuldigend die Arme. „Hast du nicht gerade gesagt, dass wir an unserer Tarnung arbeiten müssen?“

Henry bückte sich nach den Koffern. „Wir sehen uns um sechs bei den Ställen. Dann weihen wir diese Violet ein, und der Spuk hat hoffentlich schnell ein Ende.“

Henry war vor Staunen der Mund offen stehen geblieben, als er sich mit Timothys Koffern die geschwungene Marmortreppe hinauf in den ersten Stock gekämpft hatte.

Timothys Zimmer war größer als das Turmzimmer, das sie sich alle zusammen auf Sieben Feuer teilten.

„Hier gefällt's mir", stellte Timothy fest und ließ sich auf das riesige Himmelbett fallen. „Mund zu, Henry. Es zieht!", sagte er.

Henry klappte die Kinnlade hoch und staunte immer noch.

Timothy deutete auf einen riesigen, mit Holzschnitzereien verzierten Kleiderschrank. „Pack meine Sachen noch in den Schrank, Bursche, dann bist du bis sechs Uhr erst mal erlöst", befahl er.

Henry ließ die Koffer auf den glänzend polierten Holzboden fallen. „Das hättest du wohl gern, was?", rief er, schubste den völlig überrumpelten Timothy aufs Bett und warf sich auf ihn.

„Was fällt dir ein, Stallbursche?", schnaubte Timothy lachend und kämpfte sich aus Henrys Umklammerung. Und schon waren sie mittendrin in einer wilden Rauferei.

„Genug!“, keuchte Timothy irgendwann, und Henry, der auch nicht mehr konnte, ließ sich neben seinem Freund aufs Bett fallen. Schwer atmend lagen sie nebeneinander und lachten.

„Wenn uns jetzt diese Violet sehen könnte, würde sie wahrscheinlich einen Herzanfall bekommen“, japste Henry. „*Junger Adliger von Stallbursche verdroschen*. Das wäre sicher nicht nach ihrem Geschmack.“

Timothy griff halbherzig nach dem Kissen, das neben ihm lag, und schlug damit nach Henry, der sich jedoch wegduckte.

„Wer hat hier, bitte schön, wem eine Abreibung verpasst? Aber du hast recht, Violet ist eine ziemlich arrogante Zicke geworden. Früher war sie anders.“

Henry drehte sich auf den Bauch. „Wie meinst du das?“

„Früher, als wir noch klein waren, waren wir häufiger hier. Mit Chloés und Edwards Familie. Einfach so, übers Wochenende. Damals haben wir viel im Wald gespielt. Robin Hood oder Artus und die Ritter der Tafelrunde. Damals konnte es für Violet gar nicht wild genug sein. Und die Kinder der Bediensteten haben auch mitgemacht. Je mehr, desto besser. Da hat sie sich noch nicht darum geschert, wo jemand herkommt.“ Timothy hielt inne und überlegte. „Na ja, so ganz frei von Dünkel war ich ja auch nicht, als ich dich, Lucy und Arthur kennengelernt habe. Aber bei Kindern des gemeinen Pöbels muss man eben aufpassen.“ Er grinste Henry an.

„Sieben Feuer wird ihr die zickige Art schon austreiben“, sagte Henry und rappelte sich auf. „Ich geh dann mal mein Luxuszimmer suchen.“

Timothy lächelte ihn entschuldigend an. „Die Kammern der Stallburschen sind direkt hinter den Pferdeställen. Erwarte nicht zu viel Komfort.“

„Ich bin am Rande von London in dem wohl kleinsten Haus des gesamten Königreichs groß geworden“, sagte Henry. „Ich komm schon klar.“

Als er wenig später seine Unterkunft gefunden hatte, war er doch überrascht, wie karg sie im Gegensatz zu Timothys Luxuszimmer war. Ein einfaches, schmales Bett, eine kleine Kommode und ein Waschbecken, das war's. Immerhin gab es in dem Raum ein kleines Fenster, durch das man die Pferdeställe sehen konnte.

Henry ließ seine Tasche auf das Bett fallen und machte sich auf den Weg, um sich dem Stallmeister vorzustellen. Die Stallungen waren riesig, und es roch nach Stroh und Hafer und natürlich nach Pferd. Ein süßer Duft, den Henry auf Anhieb mochte. Er hatte bisher nicht viel mit Pferden am Hut gehabt. Bevor er nach Sieben Feuer aufgebrochen war, hatte er nicht mal eins gestreichelt.

„Wer hat sich denn da in meinen Stall verirrt?“, dröhnte plötzlich eine tiefe Stimme hinter ihm, und Henry drehte sich erschrocken um.

„Hallo“, sagte Henry und streckte dem Mann, der aus einer der Pferdeboxen gekommen war, seine Hand entgegen.

„Ich bin Henry ... der Stallbursche von Timothy.“

Der Mann griff nach Henrys Hand, und er hatte das Gefühl, dass er sie zerquetschen wollte.

„Und wer soll dieser Timothy sein?“, fragte der Mann und sah ihn prüfend an, ohne seine Hand loszulassen.

„Timothy, der Enkel von Atticus O'Sullivan“, beeilte sich Henry zu sagen.

Die Miene des Mannes hellte sich auf. Er ließ Henrys Hand los. Und während sich Henry heimlich seine Finger hinter dem Rücken rieb, schob sich der Mann seine Schiebermütze in den Nacken.

„O'Sullivan. Guter Mann“, sagte er. „Du hast Glück, Junge. Die Pferde sind bereits versorgt. Ich bin übrigens John Warren, der Stallmeister hier.“

„Freut mich, Mr Warren“, sagte Henry.

„John reicht völlig“, sagte der Mann. „Komm mit, ich zeig dir, wo die Sullivan-Tiere stehen.“ Er hielt kurz inne und sah Henry erneut prüfend an. „Wie alt bist du eigentlich?“, fragte er.

Henry fiel im letzten Moment ein, dass Violet ihn für sehr jung gehalten hatte und das seltsam fand. „Vierzehn“, sagte er deshalb schnell.

Der Mann sah ihn zweifelnd an. „Hänfling! Ich war damals doppelt so breit wie du. Und rasiert habe ich mich mit vierzehn auch schon.“

Henry glaubte ihm aufs Wort. Die Wangen des Mannes waren hinter einem struppigen schwarzen Bart versteckt, und auch auf den Armen, Handrücken und selbst auf den Fingerkuppen wuchsen dicke, drahtige Haare.

„Liegt wahrscheinlich am Essen", mutmaßte der Stallmeister. „Iss mehr Fleisch als Gemüse, dann klappt das auch mit dem Bart", empfahl er.

Sie hielten vor einer der Pferdeboxen an. Der untere Teil war mit Holzplanken verkleidet, die Henry bis zur Brust reichten. Darüber ging die Box in Gitterstäbe über. Und hinter den Gitterstäben stand ein braunes Pferd, das seinen Kopf dem Pferd in der Nachbarbox zugewandt hatte. Es sah fast so aus, als ob sich die Tiere miteinander unterhielten.

„Da sind die beiden. Gestriegelt und geschniegelt. Wenn es nach ihnen ginge, könnte die Jagd schon heute losgehen", sagte John.

Henry nickte und tätschelte dem Pferd den Hals. Das Pferd wandte ihm den Kopf zu und sah ihn aus dunkel glänzenden Augen an. Henry legte ihm eine Hand auf das weiche Maul und fühlte den heißen Atem, als das Pferd leise schnaubte. Ohne dass er sich groß anstrengen musste, erspürte Henry den Geist des Pferdes. So, wie Anonymus es ihm beigebracht hatte. Henry knüpfte ein leichtes Band zu dem Pferd, das so ganz anders war als das Band, das er zu seinen Drachen knüpfte. Trotzdem brachte es ihn den Tieren so viel näher, als es anderen Menschen möglich war.

Er spürte, dass das Pferd zufrieden war. Es war genug gelaufen, um müde zu sein, es war satt, und es fühlte sich trotz der Anreise in dem Pferdeanhänger und in der fremden Box, in der es stand, pudelwohl.

Henry zog die Hand weg und lächelte. „Es geht ihm sehr gut“, stellte er fest.

Der Stallmeister blickte ihn verwundert an. „Natürlich, was auch sonst?“, fragte er leicht entrüstet.

„Kann ich hier denn sonst noch was tun?“, fragte Henry. „Bis sechs habe ich noch Zeit.“

„Freiwillig?“ Der Stallmeister zog verblüfft die Augenbrauen hoch. „Du bist ja ein seltsamer Vogel.“ Er rieb sich übers Kinn. „Aber wenn du schon fragst ... an Arbeit mangelt es uns hier im Stall nie. Die hinteren Boxen müssten noch ausgemistet werden.“

Der Stallmeister führte Henry zum Werkzeugschuppen und stattete ihn mit Schubkarre und Schaufel aus. Dann zeigte er ihm, wo er den Mist aus den Boxen hinkarren konnte und wo er frische Sägespäne fand.

„Gute Einstellung, Junge. So kann was aus dir werden. Falls du noch Fragen hast, findest du mich draußen auf der Koppel.“ Er tippte sich an die Mütze und ließ Henry allein.

Henry machte sich an die Arbeit. Körperliche Anstrengung war er von Sieben Feuer gewöhnt. Wer die Höhle eines Drachen sauber hielt, den konnten ein paar Pferdeboxen nicht beeindrucken. Und trotzdem klebte ihm nach zwei Stunden und vier gereinigten Boxen sein T-Shirt feucht am Rücken, und der Schweiß stand ihm auf der Stirn.

Als er aus der letzten Box trat und sich die Oberarme massierte, tauchte John Warren am anderen Ende der Stallungen wieder auf. Er führte ein großes schwarzes Pferd am Halfter, das störrisch schnaubte und den Kopf vor und zurück warf. „Ist ja gut, Satansbraten. Alles gut." John Warren sprach beruhigend auf das Tier ein und bugsierte es in eine der freien Boxen.

Henry trat zu ihm. „Wem gehört das Pferd?", fragte er und zuckte zusammen, als das Tier austrat und seine Hufe mit voller Wucht gegen die Holzwand knallten.

„Wem wohl? Violet Salisbury natürlich", erwiderte der Stallmeister. „Die junge Dame ist genauso ein Wildfang wie das störrische Biest hier." Er grinste. „Gibt kaum jemanden, den Satansbraten an sich heranlässt. Außer mir und der kleinen Salisbury."

„Wie ist sie denn so?", fragte Henry vorsichtig.

„Die junge Dame? Komm ihr lieber nicht in die Quere. Sie hat gerade eine extrem zickige Phase. Aber ich sag mal so: Wer so gut mit Tieren umgehen kann wie sie, der kann kein schlechter Mensch sein."

Henry hatte da so seine Zweifel. Andererseits hatte Anonymus ausgerechnet sie als Reiterin auserwählt. Also war vielleicht doch was dran. Zumindest hoffte er das.

„Wie weit bist du mit den Boxen gekommen?", riss John ihn aus seinen Gedanken.

„Ähhh ... fertig“, entgegnete Henry.

„Fertig? Das wollen wir doch mal sehen.“

Sie gingen gemeinsam zum Ende des Stalls, und der Stallmeister begutachtete die Boxen, die Henry gesäubert hatte.

„Da brat mir doch einer ’nen Storch!“, rief er überrascht und schlug Henry anerkennend auf den Rücken. „Saubere Arbeit! Das hätte ich so einem Milchknilch wie dir gar nicht zugetraut. Wenn du mal auf der Suche nach ’nem Job bist, dann melde dich bei mir. Aber für heute kannst du Feierabend machen.“

Fröhlich pfeifend ließ er Henry stehen.

Henry machte sich schnell frisch und kehrte kurz nach sechs Uhr in die Stallungen zurück. Schon von Weitem sah er vor der Box des wilden schwarzen Pferdes Timothy, Chloé und Violet stehen. Sie standen mit dem Rücken zu ihm und hatten ihn noch nicht entdeckt. Henry hörte, wie Violet stolz von ihrem Pferd erzählte.

„... anfangs hat er mich einige Male abgeworfen, aber jetzt sind wir ein Herz und eine Seele. Es gibt niemanden sonst, der ihn reiten kann“, sagte sie stolz und kraulte dem Pferd die Mähne.

Als Timothy es ihr gleichtun wollte, legte das Pferd die Ohren an und schnappte nach seiner Hand. Erschrocken zog er sie zurück.

Violet lachte. „Wie gesagt, außer mir lässt Satansbraten niemanden an sich heran.“

„Ähem“, machte Henry.

Violet hob erstaunt die Augenbrauen. „Was will der denn hier?“ Sie wandte sich an Timothy. „Wir haben uns so lange nicht gesehen. Ich dachte, wir könnten uns mal ungestört unterhalten. Schick ihn weg!“

Was für eine Zicke!, ging es Henry durch den Kopf, und er biss sich auf die Zunge, um es nicht laut zu sagen.

Chloé legte ihrer Freundin beruhigend eine Hand auf den Arm. „Reg dich nicht auf, Violet, und hör uns bitte erst mal zu. Henry ist nicht der, für den du ihn hältst."

„Und selbst wenn ich ein Stallbursche wäre, wäre das noch lange kein Grund, so hochnäsig zu mir zu sein", sagte Henry.

Violet hob ihre Nase noch ein Stück höher und sah in abschätzig an. „Okay, Barney. Also kein Stallbursche? Wer bist du dann? Der rechtmäßige Thronfolger der Queen? Aber niemand darf es wissen?"

„Henry, nicht Barney", schnappte Henry.

„Und eigentlich liegst du gar nicht so falsch", mischte sich Timothy ein. „Du wolltest doch eben von uns wissen, warum Chloé und ich nicht auch auf die Oakham gehen."

„Oakham ist die beste Privatschule in ganz England", erklärte Chloé Henry, als sie sein fragendes Gesicht sah.

„Ja, und warum nicht?"

Chloé holte tief Luft. „Weil wir auserwählt sind. Genau wie Henry", fuhr Chloé fort.

„Auserwählt?", fragte Violet skeptisch. „Wofür?"

Chloé lächelte Violet an. „Genau wie du jetzt haben Timothy, Henry und ich im letzten Sommer erfahren, dass wir bestimmt sind, dem Bündnis der Sieben Feuer anzugehören. Wir haben letztes Jahr mit unserer Ausbildung auf der legendären Wolkenburg begonnen."

Violet starrte sie ungläubig an. Doch als ihr Timothy stolz zunickte, brach sie in schallendes Gelächter aus. So laut, dass ihr Pferd erschrocken den Kopf zurückriss.

„Sieben Feuer? Nicht ernsthaft, oder? Und ich dachte schon, ihr wärt eine Hexe und ein Zauberer und würdet seit einem Jahr nach Hogwarts gehen."

Henry stöhnte innerlich auf. Das würde nicht einfach werden.

„Sieben Feuer gibt es wirklich!", rief Timothy. „Wir sind seit einem Jahr auf der Schule. Und glaub mir, Sieben Feuer ist das Beste, was einem passieren kann."

Violet hatte sich wieder beruhigt. „Sieben Feuer? Timothy, ich gehe nach den Sommerferien nach Oakham." Sie hatte die Arme in die Hüften gestemmt. „Und selbst wenn es dieses Sieben Feuer wirklich geben sollte ...", sie hob die Hand und begann aufzuzählen, „meine Eltern waren auf Oakham, meine Cousinen sind gerade dort. Jeder, der Rang und Namen hat, geht dorthin. Man bekommt die beste Ausbildung, die es in England gibt. Und dann bietet Oakham auch noch das vielfältigste und beste Sportprogramm."

„Ich wette mit dir, dass der Sport, den du auf Sieben Feuer geboten bekommst, viel besser ist", mischte sich Henry ein.

Violet warf Henry einen genervten Blick zu. „Und, Harry, welcher Sport soll das sein?"

„Henry, nicht Harry!", korrigierte Henry sie. „Das darf ich dir leider nicht verraten. Du musst schon mit uns nach Sieben Feuer kommen. Dann erfährst du's."

Violet lachte erneut auf. „Das wird ja immer besser. Euer Sieben Feuer scheint ja ein ziemlich mysteriöser Ort zu sein." Sie hielt inne, und ihre Augen blitzten auf. „Warte mal, ich habe da eine Idee. Wenn du es gefährlich magst und so supersportlich bist, Harvey, wie wäre es, wenn du 'ne Runde auf Satansbraten reitest. Dürfte für dich ja kein Problem sein."

Wie aufs Stichwort trat der schwarze Hengst wieder aus und knallte seine Hufe gegen die Rückwand seiner Box.

Chloé, die vor Schreck zusammengezuckt war, wandte sich an Violet. „Henry reitet nicht, er ..."

Doch Henry unterbrach sie. „Schon gut, Chloé. Wenn wir Violet so überzeugen können, schwinge ich mich gern auf den Rücken ihres Ponys."

„Pony?!", rief Violet empört, und Satansbraten trat erneut aus. „Na warte, Barney, ich hole Sattel und Zaumzeug, und dann werden wir ja sehen, ob du gleich immer noch so eine große Klappe hast!"

Sie wollte davonstapfen, doch Henry hielt sie zurück.

„Sattel und Zaumzeug brauche ich nicht. Ich werde ihn ohne reiten."

Violet schüttelte den Kopf. „Er wird dich so was von abwerfen. Ach was, du schaffst es nicht mal auf seinen Rücken. Er wird dich schon vorher beißen oder dir einen ordentlichen Tritt verpassen."

Henry verschränkte die Arme vor der Brust. „Abwarten!"

Violet hatte Satansbraten am Halfter auf die Koppel hinter den Ställen geführt.

„Tu das nicht, Henry“, hatte Chloé ihm auf dem Weg durch den Stall zugeraunt. „Das Pferd scheint genauso unberechenbar zu sein wie Violet.“

Timothy war ähnlicher Meinung. „Und genauso bissig.“

Doch Henry schüttelte den Kopf. „Leute, wir reiten Drachen. Letztes Jahr habe ich mich auf den Rücken eines Teufelsgrinds geschwungen, der mich nicht leiden konnte. Da macht mir doch ein launisches Pferd keine Angst. Außerdem hat mir Anonymus ein paar Tricks beigebracht, was das Band zu anderen Tieren angeht“, fügte er geheimnisvoll hinzu.

Violet hatte Satansbraten das Halfter abgenommen und war dann schnell über den Zaun der Koppel geklettert. Das Pferd bockte und sprang einige Male unkontrolliert hin und her, bevor es in wilden Kreisen über die Koppel preschte.

Violet lächelte Henry zuckersüß an und deutete auf die Koppel. „Ich wünsch dir viel Spaß mit ihm.“

Henry holte tief Luft und kletterte über den Zaun. Noch hatte das Pferd keine Notiz von ihm genommen. Es sah weiter so aus, als ob es in einen Schwarm wütender Hornissen geraten war. Es preschte mal in die eine, mal in die andere Richtung, warf seinen mächtigen Kopf in den Nacken und schnaubte wütend.

Henry ging langsam auf Satansbraten zu. Er blendete alle Gedanken und Gefühle aus, um Platz für die Verbindung mit dem Pferd zu machen. Als er die Mitte der Koppel erreicht hatte, hielt das Pferd auf einmal inne und drehte ihm den Kopf zu. Es hatte die Ohren angelegt und schnaubte wütend. Doch Henry ließ sich nicht beirren. Er hatte das Band zu Satansbraten zu fassen bekommen und ließ es nicht mehr los.

Er spürte Wildheit. Und Wut. Henry knüpfte das Band enger. Im ersten Moment wurde Satansbraten nur noch wilder, doch dann wurde die Wut weniger und das Pferd ruhiger. Es hörte auf zu bocken und schritt langsam und gemächlich auf Henry zu. Mit jedem Schritt, den das Tier näher kam, knüpfte Henry das Band stärker. Trotzdem war es ganz anders als seine Verbindung zu Phönix oder den anderen Drachen. Gedanken, Bilder und Erinnerungen konnte er nicht mit Satansbraten teilen. Nur Gefühle. Aber das reichte, um die tiefe Zuneigung zu spüren, die Satansbraten gegenüber Violet empfand.

Seltsam, dachte Henry. Das Mädchen machte es einem schließlich nicht einfach, es zu mögen.

Mittlerweile hatte Satansbraten ihn erreicht. Henry streckte vorsichtig die Hand nach ihm aus und legte sie dem Pferd sachte auf die Nase.

Satansbraten schnaubte leise. Henry fühlte den heißen Atem, der aus seinen Nüstern drang.

„Satansbraten!“, hörte er entfernt eine empörte Stimme rufen. Henry spürte, wie das Pferd aufhorchte und zu der Stimme laufen wollte.

Doch Henry knüpfte das Band noch enger und hielt das Pferd in seinem Bann.

„Nur einen Moment“, flüsterte er dem Pferd zu. „Gleich gebe ich dich frei.“

Er hatte ein schlechtes Gewissen, weil er Satansbraten seinen Willen aufzwang. Anonymus hatte er deswegen Vorwürfe gemacht.

Henry beeilte sich. Obwohl er noch nie zuvor auf einem Pferd gesessen hatte, versuchte er sich auf Satansbratens Rücken zu schwingen. Ohne Steigbügel und Sattel war das gar nicht so einfach.

„Entschuldige“, murmelte er, als er sich in die Mähne des Tieres krallte und sich auf seinen Rücken schwang. Satansbraten zerrte nun an ihrem Band. Ihm passte weder, dass Henry ihn von seiner Herrin weghielt, noch dass er sich auf seinen Rücken gesetzt hatte.

„Nur noch einen Moment“, bat Henry murmelnd und hielt das Band weiter geknüpft.

Satansbraten trabte los und verfiel dann in einen leichten Galopp. Auf dem Rücken eines Pferdes zu sitzen war etwas völlig anderes, als einen Drachen zu reiten. Doch Henry passte sich instinktiv den Bewegungen des Tieres an.

Gar kein schlechtes Gefühl, dachte er, obwohl ihm Drachenreiten mehr Spaß machte. Er lockerte das Band ein wenig, und sofort galoppierte Satansbraten auf seine Herrin zu. Erst kurz vor dem Zaun bremste er ab.

Henry ließ sich vom Rücken des Pferdes gleiten und kletterte über den Zaun der Koppel. Auch wenn er wusste, dass Satansbraten ihn nicht verstehen würde, flüsterte er ein „Danke“ und kappte das Band. Im gleichen Moment stieg Satansbraten auf die Hinterbeine, wieherte einmal laut und preschte davon.

Noch bevor Violet den Mund aufmachte, wusste Henry, dass die ganze Aktion wohl doch keine so gute Idee gewesen war. Violets Blick war vernichtend.

„Das beweist gar nichts!“, fauchte sie und drehte sich empört um.

„Violet“, versuchte Chloé ihre Freundin aufzuhalten. Doch die tat, als ob sie Chloé nicht hören würde, und stapfte davon.

„Warte!“, rief Henry ihr nach. „Ein Duell. Was hältst du davon? Du gegen mich.“ Violet blieb stehen. „Egal was“, sprach Henry schnell weiter. „Wenn du mich schlägst, lassen wir dich mit Sieben Feuer in Ruhe und verschwinden sofort von hier. Wenn ich gewinne, kommst du mit uns mit und guckst es dir zumindest mal an.“

Violet hatte ihnen immer noch den Rücken zugedreht. Aber sie schien zu überlegen.

„Du hast nichts zu verlieren. Wenn dir Sieben Feuer nicht gefallen sollte, kannst du immer noch auf deine komische Privatschule gehen.“

Violet drehte sich um und warf ihm einen giftigen Blick zu. „Morgen bei Sonnenaufgang hinter dem Rosengarten. Tontaubenschießen. Besser, du bist pünktlich.“

Was genau ist denn dieses Tontaubenschießen?“, fragte Henry Timothy und Chloé, nachdem Violet sie stehen gelassen hatte.

„Oh Mann. Aber geschossen hast du schon mal, oder?“, fragte Timothy zurück.

Henry schüttelte den Kopf.

„Nicht mal aufm Rummel?“

„Nö. Ich finde Waffen doof.“

„Und dann verabredest du dich zu einem Duell?“

Henry zuckte entschuldigend mit den Schultern.

Timothy verdrehte die Augen. „Erst denken, dann reden!“

„Violets Vater hat ihr das Schießen schon vor Jahren beigebracht“, erklärte Chloé. „Und sie hat wirklich Talent. Wie in allen anderen Sportarten auch. Sie ist dir da sehr ähnlich.“ Sie legte die Hände an die Wangen und wiegte ihren Kopf hin und her. „Ich bin mir nur nicht sicher, ob du wirklich eine Chance gegen sie hast.“

Henrys Ehrgeiz war geweckt. „Kommt schon, Leute. In meiner alten Fußballmannschaft war ich der beste Schütze, und beim

Drachenball treffe ich auch am sichersten von uns allen. Da wird dieses Dingstaubenschießen ja wohl nicht so schwierig sein."

Timothy stemmte die Arme in die Hüften. „Dafür, dass du bei einem Gewehr nicht mal weißt, wo hinten und wo vorne ist, hast du eine ganz schön große Klappe."

Henry blies die Backen auf. „So schwer kann das doch nicht sein. Außerdem ist es die einzige Möglichkeit, Violet zu überzeugen." Er verschränkte die Arme vor der Brust. „Also, Leute, irgendjemand muss mir bis morgen beibringen, wie so ein Gewehr funktioniert, dann klappt das schon."

Timothy tastete mit übertriebener Geste seinen Körper ab. „Mist, zufällig habe ich mein Gewehr gerade nicht dabei, um es dir zu zeigen."

„Außerdem fängt das Bankett gleich an, und vorher müssen wir uns noch umziehen", sagte Chloé entschuldigend.

„Ihr seid ja wirklich eine tolle Hilfe", beschwerte sich Henry. „Wo habt ihr eigentlich Lucy gelassen?"

„Sie wollte nicht mitkommen. Sie meinte, dass sie Violet eher umhauen, als nach Sieben Feuer einladen würde", erklärte Chloé.

„Und ganz ehrlich", ergänzte Timothy grinsend. „Ich glaube kaum, dass Lucy ein Gewehr dabeihat oder dir erklären könnte, wie eins funktioniert."

„Ja, aber vielleicht hat sie eine andere Idee, anstatt nur blöde Kommentare von sich zu geben", knurrte Henry und beschloss, sie um Rat zu fragen.

Henry betrat den Westflügel des Schlosses und sah sich eingeschüchtert um. Vor ihm lag ein nicht enden wollender Korridor, von dem jede Menge andere Flure, Treppen und Türen abgingen.

Chloé hatte ihm den Weg zu Lucys Zimmer genau beschrieben. Doch jetzt konnte Henry sich noch nicht mal daran erinnern, ob er zuerst nach links oder rechts abbiegen sollte. Aber er hatte Glück. Ein Dienstmädchen eilte vorbei und konnte ihm zumindest die Richtung und das Stockwerk nennen. Henry machte sich auf den Weg und stieg eine breite Marmortreppe hinauf. Im ersten Stock angekommen, wandte er sich nach links und ging den langen Flur entlang. An jeder der schweren Holztüren, die von dem Flur abgingen, hielt er an, lauschte kurz und rief Lucys Namen.

Nachdem er schon fast aufgeben wollte, hörte er hinter der sechsten Tür eine gedämpfte Stimme. Er presste sein Ohr fest an die Tür und erkannte, dass es Lucy war. Er wollte schon klopfen, doch seine Faust verharrte in der Luft.

„*Grau wird nicht Grün sein, und Grün wird nicht Grau sein. Öffnet die Augen, es trügt euch der Schein!*“, hörte er Lucy sagen. Dann verstummte sie kurz, bevor sie weitersprach. „Ich habe keine Ahnung, was das jetzt wieder bedeuten soll.“

Sie verstummte wieder. Henry konnte keine zweite Stimme hören und fragte sich, mit wem Lucy sich wohl unterhielt.

„Nein, ich habe Henry nichts gesagt. Werde ich auch nicht. Ich weiß nur nicht, was ich machen soll.“ Jetzt klang ihre

Stimme verzweifelt. „Ist Master Duncan zurück? Okay. Wenigstens das. Ich melde mich wieder, sobald ich was Neues erfahre. Vielleicht haben die anderen diese Violet schon überzeugt, und Sie können uns bald von hier abholen. Mir ist dieses Arundel nämlich nicht geheuer. Wie bitte? ... Ja, Mistress Dora."

Henry wusste, dass es sich eigentlich nicht gehörte, jemanden zu belauschen. Erst recht nicht seine Freundin. Aber was sollte er tun? Es war schließlich keine Absicht gewesen.

Außerdem war das, was Lucy tat, auch nicht richtig. Sie hatte Geheimnisse vor ihm! Und das, obwohl sie sich eigentlich das Gegenteil versprochen hatten.

Henry spürte die alte Wut in sich aufsteigen. Er packte den schweren Messingknauf und stieß, ohne zu klopfen, die Tür auf. Lucys Zimmer war ähnlich einfach eingerichtet wie seins.

Seine Freundin hockte im Schneidersitz auf ihrem Bett und starrte Henry erschrocken an. In ihrer Hand hielt sie das Handy, das Master Duncan ihnen für Notfälle mitgegeben hatte. Nach einem ewig langen Moment, in dem keiner von beiden etwas sagte, huschte Lucys Blick zu dem kleinen Holztisch, der unter dem Fenster stand. Henry folgte ihrem Blick, und sein Herz setzte einen Schlag lang aus.

Darauf stand ein großer schwarzer Becher. Ausgebreitet daneben lag ein runder Lederlappen, auf dem mehrere bunte Knochen verstreut waren.

„Das gibt es doch gar nicht!", flüsterte Henry. „Du hast das Drachenorakel von Sieben Feuer mitgenommen?" Er schloss leise die Tür hinter sich und ließ sich mit dem Rücken daran langsam auf den Boden sinken. „Ich gehe hier nicht eher weg, bis du mir erzählst, was los ist."

„Hast du etwa mein Gespräch mit Mistress Dora belauscht, Henry?"

Henry starrte Lucy wütend an. „Jetzt beantwortest du erst mal meine Fragen, und nicht umgekehrt!"

„Du verstehst es nicht, du blöder Sturkopf!", rief Lucy mit Tränen in den Augen. „Es geht hier nicht um irgendein kleines Geheimnis wie damals, als du nicht sagen wolltest, dass du kein Band zu Happy knüpfen kannst. Das hier ist was anderes. Es geht um Leben und Tod." Sie hielt inne. „Um dein Leben."

Henry sprang auf. „Na und?", blaffte er zurück. „Damals ging es auch um mein Leben. Sowohl bei der Feuerprobe als auch beim Feuersprung. Aber damals haben wir zusammengehalten. Ich habe dir mein Geheimnis verraten, und wir haben gemeinsam einen Plan ausgeheckt. Gemeinsam sind wir nämlich stark – das habt ihr mir beigebracht. Und jetzt hältst du dich selbst nicht daran!"

Er sprang auf die Beine, riss die Tür auf und war schon fast wieder im Flur verschwunden, als er Lucys klägliche Stimme hörte.

„Henry, bitte bleib", rief sie ihm hinterher.

Mädchen sind wirklich kompliziert, dachte Henry.

Sein Ärger verrauchte schneller als ein Torfstück im Drachenfeuer. Seufzend schloss er die Tür.

„Was ist los, Lucy?“, flüsterte er.

Langsam begann Lucy zu erzählen. „Das Drachenorakel ist gefährlich und gemein. Als du mich damals gefragt hast, wer Anonymus’ Reiter werden wird, hätte ich die Steine niemals werfen dürfen.“ Sie schluchzte. „Die Prophezeiung, die ich damals bekommen habe, war einfach fürchterlich.“ Sie hielt inne. „Weißt du, die Sache mit Prophezeiungen ist die, dass sie immer nur die wahrscheinlichste Zukunft voraussagen. Denn Zukunft gibt es eigentlich gar nicht. Bis zum letzten Moment kann sich immer noch alles ändern.“

„Wie bei einer Wettervorhersage?“, fragte Henry vorsichtig.

Lucy lachte schniefend. Sie kramte ein Taschentuch aus ihrer Rocktasche und trompetete wenig vornehm hinein. Dann fuhr sie fort.

„Ja und nein. Es stimmt, genau wie beim Wetter werden die Vorhersagen immer ungenauer, je weiter sie in der Zukunft liegen. Es gibt aber einen großen Unterschied. Bei Prophezeiungen, die das Drachenorakel macht, ist es so, dass je mehr Leute von den Vorhersagen erfahren, desto eher treffen sie auch ein. Mistress Dora sagt, das wäre das Phänomen der sich selbsterfüllenden Prophezeiung. Und je mehr jemand von der Vorhersage betroffen ist, desto stärker wirkt die Selbsterfüllung.“

Henry setzte sich neben Lucy aufs Bett. „Und da mich die Prophezeiung betrifft, die du damals in Mistress Doras Unterricht geworfen hast“, sagte Henry nachdenklich, „hast du mir nichts davon erzählt.“

Lucy nickte.

„Und bei der Vorhersage geht es irgendwie ziemlich mies für mich aus?“, fragte Henry vorsichtig nach.

Lucy nickte erneut, und ihre Augen füllten sich wieder mit Tränen. Henry rappelte sich auf und deutete theatralisch mit seinem Zeigefinger auf Lucy. „Ich, der große Seher, sage voraus, dass Lucy, die Heulsuse, in spätestens fünf Sekunden wieder anfängt zu weinen.“

Die Tränen aus Lucys Augen verschwanden. Dafür holte sie aus und boxte Henry, so fest sie konnte, gegen die Schulter.

Er grinste sie schief an. „Aua! Können wir dann jetzt endlich aufhören zu heulen und anfangen, mich zu retten? Wäre ja nicht das erste Mal!“

Lucy nickte lachend und bekam vor Erleichterung einen Schluckauf. Die beiden einigten sich darauf, dass Lucy Henry nichts über die Anonymus-Reiter-Prophezeiung sagen würde. Dafür wollte sie ihn in alles andere einweihen.

„Hast du eigentlich mein Telefonat mit Mistress Dora belauscht?“, fragte sie dann noch einmal.

Henry nickte schuldbewusst. „*Grau wird nicht Grün sein, und Grün wird nicht Grau sein. Öffnet die Augen, es trügt euch der Schein*“, murmelte er und hob die Schultern. „Keine Ahnung, was das jetzt wieder zu bedeuten hat. Ehrlich gesagt“, und er deutete auf die Drachensteine, „verstehe ich auch nicht so ganz, warum du weiter fröhlich Prophezeiungen produzierst, wenn sie so gefährlich sind.“

„So habe ich es mit Mistress Dora besprochen“, entgegnete Lucy. „Auf Sieben Feuer können uns unsere Drachen beschützen. Aber solange wir nicht dort sind, soll ich hin und wieder die Steine werfen, damit wir die Gefahr besser abschätzen können.“

Sie ging zu dem kleinen Tischchen, räumte die Drachensteine in den schwarzen Becher, rollte das Leder zusammen und verstaute alles in ihrem Koffer. Dann öffnete sie die Schublade unterhalb des Tisches und zog einen Zettel hervor.

„Hier habe ich alle Prophezeiungen aufgeschrieben, die wir haben“, sagte sie und reichte Henry das Papier. „Außer der ARP natürlich. Die ist zu schlimm.“

„Was ist denn die ARP?“, fragte Henry.

„Manchmal stehst du echt aufm Schlauch, Henry. Die Anonymus-Reiter-Prophezeiung natürlich.“

Henry faltete das Papier auseinander und begann zu lesen.

„Die erste Prophezeiung ist ja von mir“, wunderte er sich.

Lucy nickte. „Nicht alle Weissagungen beruhen auf dem Drachenorakel. Es gibt die unterschiedlichsten Möglichkeiten, in die Zukunft zu blicken. Hand lesen, Karten legen, in die Glaskugel schauen, Kaffeesatz lesen oder eben sich in Trance versetzen, wie du es bei der Zeremonie für die neuen Reiter getan hast.“

Gemeinsam gingen die beiden die Prophezeiungen durch, die Lucy offenbar schon versucht hatte zu entschlüsseln und mit ihren Anmerkungen versehen hatte.

Henrys Vorhersage bei der Verabschiedung der Drachenreiter:

Wird das Bündnis verraten, wird Feuer zu Stein. → Die Blattfinger werden zu Stein

Und dieser Fluch soll für immer sein. → Die Blattfinger bleiben versteinert, für immer

Doch wird ein neues Feuer entfacht, (Geburt von Anonymus)

wird eine neue Zunge zum Reden gebracht → Henry wird zum Drachenflüsterer

und schließlich ein neuer Reiter erkoren, → Violet Salisbury

dann wird aus Stein neues Feuer geboren. → Die versteinerten Blattfinger erwachen wieder

Wo finden wir die versteinerten Blattfinger?

Die Flamme des Waldes, den Weg wird sie weisen. Anonymus?

Doch Gefahr als Begleiter wird mit euch reisen. (Wer ist die Gefahr?)

Trifft Feuer auf Wasser, trifft Böse auf Gut. Drache (Anonymus?) trifft auf Wasser (Meer? See? Fluss?)

Wer wird obsiegen, Angst oder Mut?

→ Böse = Lady Blackstone

→ Gut = Drachenreiter

Von welcher Seite droht uns Gefahr?

Grau wird nicht Grün sein,

und Grün wird nicht Grau sein.

(Grau = versteinerte Drachen? Grün = Blattfinger?)

öffnet die Augen,

es trügt euch der Schein! ??

„Ein Rätsel nach dem anderen", sagte Henry und seufzte. „Keine Ahnung, ob ich da so eine große Hilfe bin. So ein Mist, dass Arthur nicht hier ist. Der hätte die Rätsel sicher in null Komma nichts gelöst."

„Arthur ist teilweise eingeweiht", gestand Lucy kleinlaut. „Er beißt sich an den Rätseln aber auch die Zähne aus."

Henry zog die Augenbrauen hoch, doch er sagte nichts. Er wollte nicht schon wieder anfangen zu streiten. Doch irgendwie schienen alle mehr zu wissen als er.

Er las sich noch mal die Anmerkungen zur ersten Prophezeiung durch. Dann tippte er mit dem Finger darauf. „Die habt ihr ja immerhin schon entschlüsselt, oder?"

Lucy nickte. „Hört sich zumindest alles schlüssig an."

„Und die zweite klingt doch total logisch", sagte Henry und las sie erneut vor: *„Die Flamme des Waldes, den Weg wird sie weisen. Doch Gefahr als Begleiter wird mit euch reisen. Trifft Feuer auf Wasser, trifft Böse auf Gut. Wer wird obsiegen, Angst oder Mut?* Wir müssen einfach nur mutig genug sein! Wenn wir unsere Angst überwinden, wird schon alles gut gehen, oder?", sagte Henry und lächelte seine Freundin aufmunternd an.

Lucy hickste und stöhnte zugleich, was ein ziemlich lustiges Geräusch produzierte. „Du bist echt keine große Hilfe, Henry."

Henry ließ sich nicht beirren. „Und bei der hier habt ihr das Rätsel doch auch schon fast gelöst. Die Blattfinger sind eigentlich grün. Doch wenn sie wirklich versteinert wurden, sind sie jetzt grau. Klingt doch logisch."

Lucy nahm ihm kopfschüttelnd das Blatt weg und faltete es wieder zusammen. „Erzähl mir lieber, wie eure Begegnung mit Violet war." Sie deutete auf das Handy, das in ihrem Schoß lag. „Kann ich den Mastern Bescheid geben, dass sie uns abholen können?"

„Äh, noch nicht", sagte Henry und berichtete, worauf er sich eingelassen hatte.

„Ein Duell im Tontaubenschießen? Spinnst du? Da lässt man euch einmal alleine", ächzte Lucy. „Und? Hast du schon eine Idee, wie du das Duell gewinnen willst?"

Henry stand auf, ging zum Fenster und blickte nach draußen. Mittlerweile war die Sonne fast untergegangen, und der Springbrunnen im Innenhof des Schlosses wirkte in der Abenddämmerung wie ein schwarzes Fabelwesen. Auf dem steinernen Rand des Brunnens saß jemand. Als Henry genauer hinsah, erkannte er Graham Green. Sein Herz machte einen Sprung, denn endlich hatte auch er mal eine gute Idee.

Er warf Lucy einen zuversichtlichen Blick zu. „Ich glaub, ich weiß, wer mir bis morgen erklären kann, wie so ein Gewehr funktioniert."

Ziemlich außer Atem erreichte Henry den Brunnen im Innenhof des Schlosses. Graham Green saß noch immer auf dem Rand des Wasserbeckens und hob erstaunt den Blick.

„Henry, alles in Ordnung mit dir?“, fragte er und ließ die Beine baumeln.

„Ich ... brauch ... deine ... Hilfe ...“, stieß Henry keuchend hervor.

„Ooookay“, sagte Graham gedehnt.

„Hast ... du ... ein ... Gewehr?“

Graham grinste. „Wen willst du denn erschießen?“

Henry schüttelte den Kopf, ließ sich neben Graham nieder und verschnaufte erst mal. Dann erzählte er ihm von seinem Treffen mit Violet. Und von ihrem Duell.

Graham rieb sich über sein kantiges Kinn. „Mutig, mutig. Du hast noch nie in deinem Leben ein Gewehr abgefeuert und forderst jetzt diese kleine schießwütige Adlige heraus?“

„Ich hab keine Chance, oder?“, fragte Henry kleinlaut.

„Klar hast du eine Chance“, erwiderte Graham.

„Schließlich hast du den besten Lehrer, den du dir wünschen kannst. Wir müssen allerdings ein wenig improvisieren. Aber ich habe schon eine Idee." Er sprang vom Rand des Brunnens herunter. „Weißt du, wo die Tennisplätze sind?"

Henry sah ihn verdutzt an. „Tennis?"

„Du weißt schon, schicke weiße Hosen und Hemden, Rasen, zwei Schläger und eine gelbe Filzkugel?"

„Hinter ... hinter den Ställen habe ich Plätze gesehen. Aber ..."

Doch Graham unterbrach ihn vergnügt. „Ganz genau. Wir treffen uns dort in fünfzehn Minuten. Ich muss noch was holen. Das wird 'ne lange Nacht."

Henry hatte keine Ahnung, was ihn erwartete. Doch da er selbst keine Idee hatte, wie er bis zum nächsten Morgen Tontaubenschießen lernen sollte, war Graham seine beste Wahl.

Henry saß auf einer der Bänke, die auf Netzhöhe am Rand des Tennisplatzes standen, und wippte ungeduldig mit dem Fuß. Falls Graham glaubte, dass Henry im Tennis besser war als im Tontaubenschießen, täuschte er sich. Einen Tennisschläger hatte Henry in seinem Leben bisher genauso oft in der Hand gehalten wie ein Gewehr. Nämlich noch nie.

Als Henry das Quietschen des Törchens hörte, das auf den umzäunten Platz führte, blickte er auf. Ein vergnügter Graham kam auf ihn zu, über seiner Schulter hing eine Sporttasche.

„Du hast ja gar kein Gewehr dabei", begrüßte Henry ihn verwundert.

Graham ließ grinsend die Tasche neben sich auf den Rasenplatz fallen und schüttelte den Kopf. „Das brauchen wir auch nicht. Dir in einer Nacht den Umgang mit einer Schrotflinte beizubringen würde eh nicht klappen."

Henry sah ihn ratlos an.

„Ich habe was Besseres." Graham zog den Reißverschluss seiner Tasche auf und kramte eine Drachenballschleuder und jede Menge Defender hervor.

Er reichte Henry die Schleuder, die wie ein großes Ypsilon geformt war. Der hölzerne Griff war glatt und ein wenig speckig. Am unteren Rand waren die Initialen G. G. eingeritzt.

„Meine alte Schleuder", erklärte Graham. Mit ihr habe ich fünf Mal in Folge den Drachenballpokal gewonnen."

„Ich soll also beim Tontaubenschießen statt mit einem Gewehr mit einer Drachenballschleuder gegen Violet antreten?", fragte Henry zweifelnd.

Graham zuckte mit den Schultern. „Hast du etwa eine bessere Idee?"

Henry stöhnte. Die hatte er leider nicht.

Er legte einen Defender auf das an einem Gummiband befestigte Lederläppchen und zog das Gummi prüfend in die Länge. Er musste zugeben, dass es sich vertraut anfühlte. Das Gummi war etwas schwieriger zu ziehen als bei seiner eigenen Steinschleuder. Und auch der Defender war kleiner als die, die sie auf Sieben Feuer bei ihren Drachenballspielen verwendeten. Die, die Graham mitgebracht hatte, waren nur so groß wie

Kirschen. Ansonsten aber war alles, wie er aus den Hunderten Stunden Training und Spiel kannte.

Vorsichtig ließ Henry das Gummi zurückgleiten.

„Ich habe die Zwille für unsere Zwecke etwas frisiert“, sagte Graham grinsend. „Das Gummi ist stärker und die Defender sind kleiner, damit du sie mit mehr Wums abfeuern kannst. Für ein Drachenballspiel wäre das viel zu gefährlich, aber um eine Chance zu haben, die Tontauben zu erwischen, ist es nötig. Die Tontauben sehen zwar aus wie unsere Scorer“, erklärte Graham, „sie jagen jedoch mit einer viel höheren Geschwindigkeit über den Himmel. Du musst also wesentlich schneller zielen und feuern.“

Henry nickte. „Okay, verstanden.“

„Dein Vorteil ist, dass du nicht vom Rücken eines Drachen aus schießen musst, sondern mit beiden Beinen auf festem Untergrund stehen kannst.“

Graham griff nach seiner Tasche, hielt sie auf und ließ Henry hineinschauen.

„Ich habe leider keine Ahnung, wo sich die Tontaubenabschussanlage auf Arundel befindet. Deshalb müssen wir uns zum Üben hiermit begnügen.“ Er zwinkerte Henry zu. „Das sind alle Tennisbälle von Stewie. Hab gehört, wie er sich für morgen früh zum Spiel verabredet hat.“ Graham gluckste. „Der wird sich ganz schön wundern. Keine Bälle, kein Spiel.“

Henry musste ebenfalls lachen, und sein Mitleid für Stewart Todd senior hielt sich in Grenzen.

„Komm mit“, forderte Graham ihn auf, schwang sich die Tasche wieder über die Schulter und ging auf das seltsame Gerät zu, das an der Grundlinie des Tennisplatzes stand und bei dem sich Henry bereits gefragt hatte, was es war.

„Eine Tennisballwurfmaschine“, erklärte Graham, als sie bei der Maschine angekommen waren. „Hilf mir mal.“ Mit einem Stöhnen kippte Graham die Maschine nach hinten. „Schieb den Holzklotz dort unter die Vorderbeine.“

Henry beeilte sich, Grahams Wunsch nachzukommen.

Ächzend ließ Graham die Wurfmaschine wieder los, deren Vorderbeine nun leicht erhöht lagen, sodass das Wurfrohr schräg in den Himmel ragte.

„Sollte klappen“, begutachtete Graham stolz ihr Werk und kippte die Tennisbälle aus seiner Tasche in den auf der Maschine befestigten Behälter.

Dann drückte er einen roten Schalter an der Seite der Maschine, und mit einem leisen *Flopp* schoss ein Tennisball über den Zaun hinweg in den Nachthimmel.

Zufrieden blickte Graham dem Ball hinterher, und langsam begann Henry zu dämmern, was Graham vorhatte.

„Jetzt kommt der lustige Teil des Abends“, fuhr Graham fort. „Ich katapultiere die Tennisbälle in die Luft. Du folgst ihrer Flugbahn und schießt die Dinger vom Himmel. Zielen und schießen. Du hast nicht allzu viel Zeit.“

Henry hob die Schleuder und zog das Gummiband mit dem Defender stramm nach hinten.

„Bereit?", fragte Graham, und als Henry nickte, drückte er wieder auf den roten Knopf. Henry zielte und ließ das Gummi los. Der Defender schoss unter dem Tennisball hinweg und knallte mit einem lauten *Plock* gegen die Rückwand des Pferdestalls. Aufgeregtes Wiehern ertönte, als die Pferde von dem unbekannten Lärm geweckt wurden.

„War knapp", tröstete Graham Henry und nahm ihm die Schleuder aus der Hand. „Vielleicht wäre es besser, du greifst nicht mit Daumen und Zeigefinger nach dem Defender, sondern legst nur Zeigefinger und Mittelfinger über die Kugel und ziehst sie so nach hinten." Er zeigte Henry, was er meinte. „So kannst du schneller reagieren."

Graham drückte erneut den roten Knopf an der Tennisballwurfmaschine. Dieses Mal traf Henry die gelbe Filzkugel. Sie wurde aus ihrer Flugbahn geschleudert und hüpfte wie eine betrunkene Amsel über den Himmel.

„Genau so", lobte Graham ihn.

Henry nahm sich zwei Defender. Den einen legte er in das Leder und zog mit Zeige- und Mittelfinger das Gummi stramm. Der andere klemmte zwischen kleinem und Ringfinger und seiner Handfläche.

Ein weiterer Tennisball flog durch den Nachthimmel. Henry peilte den Ball an, traf ihn von unten, sodass er höher in den Himmel hopste. Das gab ihm Zeit, den zweiten Defender in das Leder zu legen, zu spannen, zu zielen und die Filzkugel schließlich ein weiteres Mal zu treffen.

„Du schießt ja besser als Lucky Luke oder Billy the Kid", rief Graham begeistert und schoss den nächsten Ball in den Himmel. Henry traf die gelbe Filzkugel wieder mit beiden Schüssen.

Und so ging es weiter, bis Graham die Bälle ausgegangen waren und Henry der Arm vom Schleuderspannen ganz müde geworden war.

„Nicht ein Mal danebengeschossen, Henry. Und wir haben dem guten Stewart nicht einen einzigen Tennisball übrig gelassen." Graham kratzte sich am Kopf. „Dass du gut bist, hatte ich mir schon gedacht, als wir uns den Scorer auf Sieben Feuer zugeworfen haben. Aber so gut? Du bist der geborene Schütze!"

Henry nestelte verlegen an dem Gummi der Schleuder rum. „Hab halt einen guten Lehrer gehabt."

Graham blickte ihn fragend an. „Mich?"

Henry sah sich um. „Siehst du hier etwa noch jemanden?"

„Das musst du bei Gelegenheit mal den Mastern auf Sieben Feuer erzählen", murmelte Graham und ließ sich ins Gras fallen. Er legte den Kopf in den Nacken und blickte in den Nachthimmel, der sich mittlerweile über ihnen spannte und an dem die ersten Sterne funkelten.

Henry ließ sich neben ihm nieder. Seine Gedanken wanderten zurück zu den seltsamen Prophezeiungen, über die er mit Lucy gerätselt hatte.

„Was hältst du eigentlich von den Weissagungen?", fragte er Graham.

„Du meinst die Prophezeiung, die du bei der Verabschiedung gemacht hast?", fragte Graham. Er rupfte einen Grashalm aus und steckte ihn sich zwischen die Lippen. „Es scheint wirklich so zu sein, dass dank dir und deinem Talent und der Geburt von Anonymus der Fluch der Blattfinger gebrochen werden konnte und sie zurückkehren." Er verschränkte die Arme hinter dem Kopf. „Das wäre wirklich eine große Sache."

Henry nickte. „Das stimmt. Ich meinte aber eigentlich die beiden anderen Prophezeiungen, die Lucy gemacht hat. Die mit der Flamme des Waldes und die, dass Grün nicht Grau ist, oder so ähnlich."

Graham setzte sich auf und blickte Henry verwundert an. „Die kenn ich gar nicht."

„*Die Flamme des Waldes, den Weg wird sie weisen. Doch Gefahr als Begleiter wird mit euch reisen. Trifft Feuer auf Wasser, trifft Böse auf Gut. Wer wird obsiegen, Angst oder Mut?*", leierte Henry die Zeilen runter, die Lucy ihm gesagt hatte.

Grahams Stirn legte sich in Falten, als er überlegte. „Und die hat Lucy gemacht?", fragte er.

„Hat sie dir nichts davon erzählt?", wunderte sich Henry. „Ich dachte, alle Master und Ehemaligen wüssten Bescheid. Lucy hat die Drachensteine dabei, um mögliche Gefahren vorab erkennen zu können."

„Sie hat das Drachenorakel von Sieben Feuer mitgenommen? Das letzte, das es noch gibt?", fragte Graham erstaunt.

Henry nickte. „Seltsam, dass du nicht Bescheid weißt."

Graham fuhr sich über das stoppelige Kinn. „Was die Prophezeiungen angeht, ist es immer besser, wenn nur so wenig Leute wie möglich eingeweiht sind", murmelte er. „Wahrscheinlich hat mir deshalb niemand was gesagt."

Henry bekam ein schlechtes Gewissen. „Mist, ich hätte dir wohl nichts erzählen dürfen."

„Ich werd's keinem verraten", sagte Graham lächelnd. „Aber jetzt, da du sie rausgehauen hast, können wir auch überlegen, was sie bedeutet."

Henry berichtete, was sie bisher herausgefunden hatten.

„Ihr seid auf dem Holzweg“, unterbrach ihn Graham. „Die Flamme des Waldes ist kein Drache.“

„Was denn sonst?“ Henry blickte ihn erstaunt an.

„In der Jägersprache wird der Fuchs als Flamme des Waldes bezeichnet“, erklärte Graham. „Ich glaube, die Prophezeiung bezieht sich auf die anstehende Jagd. Der Fuchs wird euch den Weg weisen und zu irgendeinem Gewässer führen.“

Henry rappelte sich aufgeregt auf. „Das ist genial, Graham! Und bei dem Gewässer werden wir dann die versteinerten Blattfinger finden.“

Graham wiegte den Kopf hin und her. „Kann schon sein.“ Er war weit weniger begeistert als Henry.

„Vergiss nicht den Rest der Prophezeiung. Gut wird auf Böse treffen. Und die Sache mit der Angst und dem Mut hört sich auch nicht so lustig an.“

„Lady Blackstone“, sagte Henry. „Sieht ganz so aus, als ob wir ihr bald wieder begegnen werden.“

Graham spuckte den Grashalm aus. „Glaub mir, Henry, da draußen gibt es weit mehr Bösewichte als nur diese Lady Blackstone.“

Henry machte es Graham nach, rupfte ebenfalls einen Grashalm aus der Wiese und fing an, darauf rumzukauen. Er schmeckte ziemlich bitter, doch er ließ sich nichts anmerken.

„Lass uns die dritte Prophezeiung auch noch entschlüsseln.

Die, dass Grau nicht Grün ist. Vielleicht finden wir noch einen wichtigen Hinweis."

Als Henry den genauen Wortlaut wiedergeben wollte, unterbrach Graham ihn. „Behalt die mal lieber für dich. Wie gesagt, je weniger Leute Bescheid wissen, desto besser."

„Okay", sagte Henry enttäuscht, doch er gab Graham recht.

„Und am besten, du sagst auch niemandem etwas davon, dass du mir die andere Prophezeiung verraten hast. Ich werde mich im Hintergrund halten und ein Auge auf dich und deine Freunde haben. Sollte es hart auf hart kommen, werde ich da sein."

„Mach ich", sagte Henry. Ihm gefiel diese ganze Geheimniskrämerei zwar nicht, doch er würde Grahams Rat befolgen.

Graham erhob sich und reckte seine Glieder. „Und jetzt sage ich dir voraus, dass du besser schlafen gehen solltest, damit du morgen dein Duell gegen diese Violet gewinnst", meinte er und fuhr Henry durch die Haare.

Henrys Stiefelspitzen wurden feucht, als er sich am nächsten Morgen auf den Weg zum Rosengarten machte. Die Sonne hatte den Tau noch nicht von den Wiesen getrocknet, und feine Nebelschwaden waberten über das Land.

„Treffen im Morgengrauen", grummelte Timothy, der hinter ihm ging. „Hätte Violet nicht eine genaue Uhrzeit nennen können? Wenn wir Pech haben, müssen wir noch Stunden auf sie warten."

Chloé, die neben ihnen ging, gähnte herzhaft. Lucy schien dagegen hellwach zu sein und tänzelte barfuß durch das feuchte Gras. „Und? Hat dir Graham gestern noch helfen können?"

„Ja, hat er", sagte Henry geheimnisvoll. „Schätze, ich werde das Duell gewinnen."

„Duell im Morgengrauen", schimpfte Timothy weiter und wedelte mit den Händen auf Kopfhöhe herum. „Huh, huh, huh! Geht's noch dramatischer?"

Henry stöhnte. Wieso war Timothy nicht einfach im Bett liegen geblieben!

Sie bogen um eine hohe Buchsbaumhecke und betraten den Rosengarten. Schmale Wege schlängelten sich durch groß angelegte Beete, in denen Rosen in den unterschiedlichsten Farben blühten.

„Wow, die sind ja wunderschön“, hauchte Lucy und beugte sich hinab zu den Schildchen, die in den Beeten steckten.

Henry zog seine Freundin weiter. „Dafür haben wir jetzt keine Zeit“, sagte er bestimmt.

Auf der Wiese hinter den Beeten hatte er Violet entdeckt, die bereits auf sie wartete.

„Ihr seid zu spät!“, giftete sie, als sie bei ihr ankamen. Sie deutete auf die Sonne, die gerade über den Horizont gekrochen kam.

„Dann nenn uns das nächste Mal einfach eine genaue Uhrzeit!“, schnappte Timothy zurück.

Violet ignorierte ihn und sah Henry fragend an. „Wo ist dein Gewehr?“

Anstatt zu antworten, zog Henry Grahams alte Schleuder aus dem Hosenbund und griff in die Tasche seines Kapuzenpullis, um ihr seine Munition zu zeigen. Eine Handvoll kleiner Holzkugeln.

Violets Augenbrauen wölbten sich vor Erstaunen. „Damit willst du gegen mich antreten?“, fragte sie belustigt. „Wer bist du? Der kleine David, der es mit Goliath aufnehmen will?“

Seine Freunde blickten ihn ebenfalls zweifelnd an, doch Henry ließ sich nicht aus der Ruhe bringen.

„Vielleicht hast du es vergessen, aber am Ende der Geschichte ist Goliath tot und David der Held."

Violet tätschelte den Lauf ihres Gewehrs. „Korrigiere mich, falls ich falschliegen sollte. Aber ich glaube, Goliath hatte auch keins von denen hier."

Keine Frage, Violet sah wieder genauso hübsch aus wie am gestrigen Tag. Ihre kupferroten Haare hatte sie zu einem Pferdeschwanz gebunden, und während man auf Timothys Gesicht noch die Abdrücke seines Kissens erkennen konnte, war ihre Haut so glatt wie die eines Porzellantellers.

„Ganz ehrlich", sagte Henry offenherzig, „ich mag diese Dinger einfach nicht. Viel zu laut, zu unkontrollierbar, zu gefährlich."

„Sagt einer, der auf Sieben Feuer den wildesten Teufelsgrind aller Zeiten geritten hat", murmelte Timothy gerade so laut, dass Henry ihn verstehen konnte.

„Genug geplaudert", sagte Violet, „wir sind schließlich für etwas anderes hier." Sie deutete auf einen müden Bediensteten, der am anderen Ende der Rasenfläche zwischen zwei großen runden Buchsbaumbüschen stand. „Dahinter verbirgt sich die Wurfmaschine. Wenn du so weit bist, gib ihm ein Zeichen, dann schießt er eine Tontaube in den Himmel. Winkel und Richtung, in die die Tontauben abgeschossen werden, variieren", erklärte sie weiter. „Pro Tontaube hast du zwei Schüsse." Sie hielt inne. „Na ja oder in deinem Fall eben zwei Holzkugeln. Noch Fragen, David?"

Henry ignorierte die Spitze und legte einen Defender auf das Leder seiner Schleuder.

Er spannte das Gummi. Dann atmete er tief durch und nickte in die Richtung des Mannes, der müde an der Wurfmaschine stand.

Eine Tontaube, die dem Scorer aus einem Drachenballspiel ganz ähnlich sah, zischte mit einem leisen Sirren in den Morgenhimmel. Henry zielte und ließ das Gummi los. Einige Krähen erhoben sich laut krächzend aus der Krone einer Eiche, als kurz darauf die Tontaube in tausend Scherben zersplitterte.

Henrys Defender hatte sie genau in der Mitte getroffen.

„Schätze, das zählt als Treffer", rief Timothy scheinheilig und grinste Violet breit an.

Falls sie überrascht war von Henrys Schießkünsten, so ließ sie es sich nicht anmerken. Sie nickte Henry zu und bestätigte den Treffer.

Henry spannte die Schleuder erneut. Seine Aufregung war plötzlich wie weggeblasen. So wie bei jedem sportlichen Wettbewerb. Wenn es einmal losgegangen war, war Henry in seinem Element. Und hochkonzentriert.

Die zweite Tontaube zischte aus der Flugmaschine, diesmal in die entgegengesetzte Richtung. Und der Winkel, in dem sie die Maschine verließ, war weit weniger steil. Henry war sich sicher, dass Violet das so geplant hatte. Doch er zwang sich, nicht kopflos zu handeln. Statt den Arm rumzureißen, drehte er seinen Oberkörper in einer fließenden Bewegung in die andere Richtung, zielte, ließ das Gummi los und traf.

Timothy, Lucy und Chloé jubelten. Und dieses Mal bemerkte Henry, wie Violet kurz die Lippen aufeinanderpresste, bevor sie sich wieder in den Griff bekam. „Guter Treffer", sagte sie erneut.

Sie war eine faire Sportsfrau. Zumindest das musste man ihr lassen. Henry holte zwei weitere Defender aus seiner Tasche und massierte sich kurz den Oberarm. Das gestrige Training war nicht spurlos an ihm vorübergegangen. Er hatte einen ganz schönen Muskelkater.

Die letzte Tontaube schoss in einem hohen Winkel in den Himmel. Kurz verschwand sie vor der Morgensonne, und Henry wurde geblendet. Doch dann tauchte ihr dunkler Körper vor dem strahlenden Blau des Himmels wieder auf. Henry feuerte den Defender ab, und ein gut sichtbares Stück wurde von der Tonscheibe weggesprengt. Henry konnte es sich nicht verkneifen. Obwohl der Rest der Tonscheibe längst dabei war, unkontrolliert Richtung Erde zu trudeln, schoss er einen weiteren Defender ab. Und traf die Scheibe erneut.

„Vier von drei", witzelte Timothy. „Willst du überhaupt noch antreten, Violet?"

Violet ignorierte ihn und nahm ihr Gewehr in den Anschlag. Genau wie Henry schoss sie die ersten beiden Tontauben sicher vom Himmel. Doch bei der dritten Wurfscheibe unterlief ihr ein Fehler. Henry vermutete, dass sie ebenfalls von der

Sonne geblendet worden war. Allerdings hatte sie nicht so geduldig gewartet wie er, bis die Scheibe wieder aufgetaucht war, sondern sofort drauflosgeschossen. Mit dem zweiten Schuss jedoch traf sie genauso sicher wie bei den beiden vorherigen Tontauben.

Sie senkte das Gewehr. „Unentschieden", sagte sie. Und obwohl sie sich äußerlich zusammenriss, meinte Henry zu erkennen, dass sie ziemlich genervt war.

„Unentschieden?", rief Timothy empört. „Du hast gerade einmal danebengeschossen!"

„Zwei Schuss pro Tontaube", erinnerte Violet ihn. „So sind die Regeln. Und bei Unentschieden gibt es niemanden, der eine Wettschuld einlösen müsste."

Schwungvoll drehte sie sich um und ließ Henry und seine Freunde stehen.

„Warte!", rief Chloé und lief ihr hinterher.

Sie fasste Violet an der Schulter und wirbelte sie herum.

Lucy und Henry blickten sich erstaunt an. So rabiat hatten sie die sonst so sanfte Chloé noch nie erlebt.

„Was ist nur los mit dir?", blaffte Chloé Violet an. Ihre Wangen waren gerötet. „Wann bist du zu so einer Zicke geworden?" Sie stemmte die Arme in die Hüften.

„Und wo ist auf einmal die zurückhaltende und liebe Chloé hin?", raunte Timothy Lucy und Henry zu.

Eine feuerrote Strähne hatte sich aus Violets streng nach hinten gebundenem Pferdeschwanz gelöst. Mit einer routinierten Bewegung band sie ihr Haargummi neu und schien dabei zu überlegen.

„Ich glaube, sie hat einfach Angst davor, ihren schicken goldenen Käfig zu verlassen, um das wahre Leben kennenzulernen", wandte sich Henry an Chloé.

Violets Augen wurden schmal wie Rasierklingen und ihr Blick genauso scharf. „Sagt der Junge aus dem schäbig rostigen Käfig."

Henry hob gelassen die Schultern. „Stimmt schon", sagte er und breitete die Arme aus, als wollte er ganz Arundel umarmen. „Das hier hinter sich zu lassen, wahrscheinlich gegen den Willen deiner Familie, ist sicher nicht leicht." Er senkte die Arme wieder. „Aber weißt du, was mir vor gar nicht langer Zeit jemand ziemlich Weises gesagt hat."

Er dachte an Happy, dem es bestimmt gefallen würde, wenn er wüsste, dass er ihn als weise bezeichnete.

„Du wirst es mir sicher gleich sagen", schnappte Violet.

„Das Richtige zu tun, wenn einem alle zujubeln, ist einfach. Das Richtige zu tun, obwohl alle anderen dagegen sind – das ist wahrer Mut."

Henry musste zugeben, dass es sich in Happys Worten viel besser angehört hatte. Aber zumindest schien Violet nachzudenken.

„Ich bin nicht feige!", murmelte sie. Sie straffte die Schultern. „Ich mach dir ein Angebot, Harry."

Henry biss sich auf die Zunge. *Wann wird sie sich nur endlich meinen Namen merken können?*

„Die Jagd, die meine Eltern für morgen früh angesetzt haben ...“ Sie verschränkte ihre Arme vor der Brust. „Wenn ihr mir helft, sie zu verhindern ...“

Henry und die anderen sahen sie verständnislos an.

„Wenn ihr mit mir dafür sorgt, dass der Fuchs nicht erschossen wird, dann komme ich mit euch und sehe mir dieses Sieben Feuer zumindest mal an.“

„Pah!“, machte Lucy. „Als ob sie sich dann an ihr Versprechen halten würde“, regte sie sich auf.

„Dich habe ich nicht gefragt, Mädchen ohne Schuhe“, giftete Violet.

Henry hob beschwichtigend die Arme. „Abgemacht!“, unterbrach Henry die streitenden Mädchen. Und so, wie er es von Master Duncan gelernt hatte, spuckte er sich in die Hand und streckte sie Violet entgegen.

Einen kurzen Moment blickte Violet angeekelt auf Henrys Hand, in der es feucht glitzerte. Doch sie sagte nichts, sondern spuckte ebenfalls in ihre Hand und schlug ein.

Diese Violet raubt mir den letzten Nerv", stöhnte Lucy und krabbelte auf Henrys Bett. Dabei hinterließen ihre Fußsohlen dunkle Spuren auf Henrys Decke. Er hatte sich neben sie gesetzt und lehnte mit dem Rücken an der grob verputzten Wand seines kleinen Zimmers. Weil es keine anderen Sitzgelegenheiten gab, hatte es sich Chloé auf der Fensterbank bequem gemacht, und Timothy saß auf der Erde.

Lucy spielte gedankenverloren mit einer Locke. Sie vermisste die bunten Bänder, die sie sich sonst immer in die Haare flocht. „Warum hast du dich darauf eingelassen, Violet zu helfen?", wollte sie von Henry wissen. „Diese arrogante Kuh wird ihr Wort doch eh nicht halten."

„Es geht um eine der Prophezeiungen", murmelte Henry. Lucy erstarrte kurz und ließ dann ihre Haarsträhne los, die sich wieder zu einer Locke zusammenkringelte.

Timothy und Chloé sahen sie fragend an.

„Wissen die beiden etwa noch nicht Bescheid?", fragte Henry, und Lucy schüttelte den Kopf. „Verrat sie ihnen."

Lucy presste die Lippen aufeinander.

„Nicht die ARP, aber die anderen beiden“, drängte Henry.

„Was ist los? Was verheimlicht ihr uns?“, wollte Timothy wissen.

„Und was ist eine ARP?“, fragte Chloé.

Lucy seufzte und berichtete den beiden, was sie am Abend vorher bereits Henry erzählt hatte.

„Und das hast du uns die ganze Zeit nicht gesagt?“, empörte sich Timothy.

„Jetzt geht das schon wieder los“, flüsterte Lucy matt.

Chloé sprang ihr zur Seite. „Wenn du Mistress Dora im Unterricht zugehört hättest, wüsstest du, dass man mit Prophezeiungen nicht hausieren geht. Das sind sensible Botschaften.“

„Die Flamme des Waldes, den Weg wird sie zeigen auf ihren gefahrvollen Reisen“, grübelte Timothy laut.

„Du hast deinen Kopf echt nur zum Haareschneiden, oder?“, fragte Lucy. *„Die Flamme des Waldes, den Weg wird sie weisen. Doch Gefahr als Begleiter wird mit euch reisen. Trifft Feuer auf Wasser, trifft Böse auf Gut. Wer wird obsiegen, Angst oder Mut?“*, wiederholte sie die Prophezeiung richtig und so langsam, als wäre Timothy ein kleines begriffsstutziges Baby.

Er kratzte sich am Kopf. „Tja, diese Flamme des Waldes wird wohl ein Drache sein, oder? Aber die Gefahr, die mit uns reist? Lady Blackstone kann es ja kaum sein. Zumindest habe ich sie weder bei Master Duncan an Bord gesehen noch in Barnabas' Rolls-Royce. Es sei denn, sie hat sich im Kofferraum versteckt.“

Henry unterbrach seinen Freund. „Die Flamme des Waldes ist kein Drache.“ Die anderen sahen ihn ungläubig an. Doch Henry fuhr fort, ohne auf sie zu achten. „Die Flamme des Waldes ist ein Fuchs. So wird er zumindest in der Jägersprache genannt.“

„Sicher wegen seines roten Fells“, murmelte Chloé. „Das würde Sinn machen.“

„Und da bist du ganz allein draufgekommen?“, wunderte sich Timothy. „Oder hast du heimlich Arthur angerufen?“

Auch Lucy, die neben ihm saß, blickte ihn erstaunt an.

„Ihr traut mir echt gar nichts zu, oder?“, fragte Henry eingeschnappt.

„Na ja, bisher lagen deine Stärken eher im Bereich der körperlichen Aktivitäten“, sagte Timothy gedehnt. „Drachenball, Reiten, Schießen und so was.“

Lucy blickte angestrengt auf die Decke zu ihren Füßen. Als ob es dort einen besonders interessanten Fussel zu entdecken gäbe.

Henry schüttelte ungläubig den Kopf. Jetzt würde er den anderen erst recht nicht sagen, dass es eigentlich Graham gewesen war, der den Teil der Prophezeiung entschlüsselt hatte.

„Wenn die Flamme des Waldes ein Fuchs ist und hier morgen eine Fuchsjagd stattfindet, sollten wir wohl besser dabei sein und auf das Tier aufpassen. Wenn es erschossen wird, kann es uns nämlich nirgendwohin führen.“

Henry verschränkte beleidigt die Arme vor der Brust.

„Jetzt reg dich doch nicht so auf", kicherte Timothy.

Lucy pickte wirklich einen Fussel von der Bettdecke und rieb ihn zwischen Daumen und Zeigefinger. „Wenn das mit der Flamme des Waldes stimmt, dann steht uns die Gefahr unmittelbar bevor", überlegte sie laut. „Ich hatte eigentlich gedacht, dass die Prophezeiung etwas vorhersagt, das weiter weg in der Zukunft liegt. Dass wir nach Sieben Feuer zurückkehren können und die Drachen an unserer Seite haben, bevor es gefährlich wird. Wenn sich die Prophezeiung jetzt aber schon morgen erfüllt, müssen wir Master Duncan informieren."

Sie zückte das Handy, das er ihr vor der Abreise gegeben hatte, und wählte seine Nummer.

„Master Duncan?" Lucy verstummte. „Ja, Lucy hier. Wir haben eine der Prophezeiungen zum Teil entschlüsselt ..."

Henry riss die Augen auf und deutete mit dem Zeigefinger übertrieben auf sich.

Lucy verdrehte die Augen und berichtete Master Duncan, was passiert war. Es entstand eine längere Pause, in der Lucy Master Duncans Anweisungen entgegennahm, nickte und hier und da ein „Klar, machen wir, sicher doch" einwarf. „Versprochen, wir sind vorsichtig ... Bis bald." Lucy nahm das Handy vom Ohr und legte auf. Die anderen sahen sie gespannt an. Lucy räusperte sich: „Duncan will, dass wir Violet helfen. Allerdings sollen wir Graham Green und Stewart senior ausrichten, dass sie besonders auf uns achten sollen."

„Stewart senior?“, fragte Timothy entsetzt. „Duncan glaubt, dass dieser aufgeblasene Wichtigtuer uns beschützen kann?“

„Ich rede mit Graham“, versprach Henry, der den Fähigkeiten von Stewart senior ebenfalls nicht traute. „Er sollte zumindest ein Auge auf uns haben.“

„Ein Auge auf uns haben?“, fragte Lucy.

„Von mir aus auch zwei“, entgegnete Henry.

„Öffnet die Augen, es trügt euch der Schein“, murmelte Lucy und hämmerte sich frustriert gegen die Schläfen. „Ich komm einfach nicht drauf, was uns die dritte Prophezeiung sagen will.“

„Violet ist im Anmarsch“, wurde sie von Chloé unterbrochen, die das Fenster öffnete. Sie winkte Violet zu. „Hier sind wir!“

„Kein Wort über die Prophezeiungen“, sagte Lucy schnell, als es an der Tür klopfte.

„Ach nee“, murmelte Timothy, erhob sich und ließ Violet rein.

„In diesen Räumlichkeiten war ich noch nie“, sagte sie anstelle einer Begrüßung und begutachtete den Raum. „Das Zimmer ist ja winzig ... und so trostlos“, fügte sie vorwurfsvoll hinzu.

„Dein Haus, nicht unseres“, sagt Lucy knapp.

„Egal“, entgegnete Violet großzügig und kniete sich, da es keinen anderen Sitzplatz gab, würdevoll auf die groben Holzdielen des Fußbodens. Sie griff in die Tasche ihres Blazers, förderte ein Haargummi zu Tage und band sich ihre langen kupfernen Haare hoch, damit sie den Fußboden nicht berührten. Dann rollte sie die Karte, die sie mitgebracht hatte, aus. Mit spitzen Fingern griff sie nach Henrys Stiefeln, die vor seinem

Bett lagen, und stellte sie auf zwei Ecken der Karte, damit sie sich nicht wieder zusammenrollte.

Die anderen beugten sich neugierig vor. „Was soll das sein?“, wollte Chloé wissen.

Violet tippte mit ihrem Zeigefinger auf das eingezeichnete Schloss. „Wir befinden uns hier.“ Sie fuhr mit dem Finger die Karte entlang und deutete auf ein großes Waldgebiet. „Das ist der Black Forest. Hier werden die Jäger mit ihrer Hundemeute den Fuchs aufscheuchen und in diese Richtung treiben.“ Ihr Finger wanderte am Schloss vorbei zu einer Stelle, auf der zwei Berge eingezeichnet waren. „Das hier sind die Zwillingsschluchten. Die Jäger werden versuchen, den Fuchs durch die linke Schlucht zu treiben. Dahinter befinden sich die Felder unserer Bauern. Dort hätte der Fuchs keine Möglichkeit mehr, sich zu verstecken. Auf den Feldern hätten sie freie Schussbahn.“ Sie sah von einem zum anderen. „Wir müssen also dafür sorgen, dass der Fuchs in die andere Schlucht läuft. Sie tippte auf einen zweiten Weg, der rechts um den Berg herumführte. „Am Ende des Weges ist ein Fluss. Wenn wir es schaffen, dass der Fuchs in den Fluss springt und ans andere Ufer schwimmt, verlieren die Hunde seine Spur, und er wäre gerettet.“ Sie blickte erneut auf. „Verstanden?“

„Trifft Feuer auf Wasser, trifft Böse auf Gut. Wer wird obsiegen, Angst oder Mut?“

„Was murmelst du da?“, fragte Violet und sah Lucy irritiert an.

Lucy ignorierte sie und kletterte von Henrys Bett auf den Fußboden. Sie tippte auf eine große Fläche, zu der sich der Fluss schlängelte. „Was ist das hier?“

„Der Stausee von Arundel“, sagte Violet. „Wir können nur hoffen, dass der Fuchs genug Kraft hat, den Fluss zu durchqueren. Denn hier“, sie deutete auf eine Biegung des Flusses, die kurz hinter der Schlucht lag, „wenn er es bis hierher nicht schafft, wird es schwierig. Die Strömung des Flusses wird immer stärker, und hier“, sie zeigte auf die Stelle, wo der Fluss in den Stausee mündete, „hier ist ein Wasserfall. Da geht es fünfzig Meter in die Tiefe.“

Sie richtete sich auf und blickte in die Runde. Dabei blitzten ihre grünen Augen abenteuerlustig.

„Also, was sagt ihr? Seid ihr dabei?“

„Klar“, kam es einstimmig von den anderen.

„Und wenn es uns gelingt, den Fuchs zu retten, kommst du mit nach Sieben Feuer. So war es abgemacht“, erinnerte Henry sie an ihr Versprechen.

Violet nickte. „Wir treffen uns morgen früh um sechs im Schlosspark. Da versammelt sich die Jagdgesellschaft. Und sobald sie zum Fuchsbau aufbrechen, werden wir uns auf den Weg Richtung Zwillingsschluchten machen.“

„Sechs Uhr?“, stöhnte Timothy.

„Sechs Uhr!“, bestätigte Violet. Sie rollte ihre Karte wieder zusammen und klopfte sich den Staub von den Knien. „Und wehe, ihr seid nicht pünktlich.“

Henry hatte fröstelnd die Schultern hochgezogen, als sie am nächsten Morgen um Viertel vor sechs im Innenhof von Schloss Arundel standen. Angeblich sollte es ein schöner Tag werden, doch noch war es kalt. Wie schon am Tag zuvor hingen Nebelschleier über dem Tal von Arundel. Die Baumwipfel des Waldes verschwanden in dem trüben Weiß. Doch dahinter war bereits die Sonne zu erkennen, die sich daranmachte, den Nebel aufzulösen.

Es herrschte geschäftiges Treiben, und niemand nahm Notiz von ihnen. Die Teilnehmer der Jagd waren alle in weiße Hosen und rote Jacken gekleidet. Einige saßen bereits auf ihren Pferden, andere hielten ihre Tiere am Halfter. Henry schätzte, dass die Jagdgesellschaft aus knapp dreißig Leuten bestand. Darüber hinaus zählte er über zwanzig Hunde, die einem schwarzen Pferd, das sich nicht aus der Ruhe bringen ließ, um die Beine wuselten.

Chloé war Henrys Blick gefolgt. Sie wies mit dem Kinn auf den stattlichen Reiter des Pferdes. „Das ist Violets Vater", sagte sie. „Und die Hunde sind sein ganzer Stolz. Man sagt, dass es in England keine bessere Meute zum Aufspüren von Füchsen gibt."

Henry betrachtete die Tiere, deren Fell weiß, bernsteinfarben und schokoladenbraun gescheckt war. Sie sahen freundlich aus und warfen ihrem Herrn schwanzwedelnd treue Blicke zu.

In dem Gewusel war es gar nicht so einfach, Stewart Todd senior und Graham ausfindig zu machen. Doch schließlich erblickte Henry sie in der Menge. Die beiden saßen bereits auf ihren Pferden, und anscheinend stritten sie schon wieder.

So, wie mit Master Duncan vereinbart, hatten sie sie am Abend zuvor über ihren Plan informiert, ohne jedoch die Prophezeiungen zu erwähnen. Dass Henry Graham die dritte Prophezeiung längst verraten hatte, war ihr Geheimnis.

Es war gar nicht so einfach gewesen, Stewart Todd senior von ihrem Plan zu überzeugen. „Ihr wollt die Jagd sabotieren?", hatte er fassungslos gefragt. „Und das soll mit Master Duncan abgesprochen sein?" Es hatte einiges an Überzeugung gebraucht, bis er schließlich bereit gewesen war, bei dem Plan mitzumachen.

Graham wollte sich in einem unbeobachteten Moment davonstehlen und die Kinder bei den Zwillingsschluchten treffen. Und Stewart senior sollte bei der Jagdgesellschaft bleiben und nach auffälligen Personen Ausschau halten.

Lucy zupfte Henry am Ärmel und riss ihn aus seinen Gedanken. „Komm, wir gehen noch mal zu den beiden Streithähnen rüber und fragen, ob alles klar ist", raunte sie ihm zu. Chloé war in eine Unterhaltung mit ihren Eltern vertieft, während Timothy teilnahmslos vor sich hin starrte und ein Gähnen unterdrückte.

Lucy und Henry schlängelten sich an Pferden, Hunden und Menschen vorbei.

„Guck mal, Graham reitet Satansbraten, Violets Pferd. Wenn es einer gebändigt bekommt, dann er", sagte Henry bewundernd. Lucy rollte mit den Augen.

„Hochmut kommt vor dem Fall, mein Lieber", hörten sie Stewart Todd senior sagen. „Deine Glückssträhne wird nicht ewig halten. Und wenn sie erst mal wieder vorbei ist, wirst du erneut alles verspielen." Unter dem Reiterhelm glänzte sein großer Kopf so rot wie ein polierter Apfel.

„Meine Glückssträhne wird aber nicht mehr abreißen", entgegnete Graham gelassen. „Dafür habe ich gesorgt."

„Ach ja?", giftete Stewart Todd senior zurück. „Angeblich sollst du ja sogar deine Drachenträne verspielt haben. So sicher kannst du dir deines Glückes also gar nicht sein."

Automatisch griff sich Graham an den Hals. Doch seine Hand griff ins Leere. Dort, wo die Kette mit dem Drachentränenanhänger hätte sein sollen, war nichts.

Lucy räusperte sich laut, um sich bemerkbar zu machen. Als Graham sie erblickte, ließ er ertappt die Hand sinken und setzte sein jungenhaftes Lächeln auf.

„Da sind ja die Saboteure", versuchte er zu scherzen.

„Wenn das der Duke of Sussex erfährt", jammerte Stewart Todd senior.

Henry riss seinen Blick von Grahams Brust los. Hatte Graham etwa wirklich die Erinnerungen an seinen Drachen als Wetteinsatz verspielt?

Violets Vater, der Duke of Sussex, hatte sein Jagdhorn an den Mund gehoben und hineingeblasen.

„Das Signal zum Sammeln der Jagdgesellschaft“, sagte Stewart Todd senior und zerrte aufgeregt an den Zügeln.

Graham beugte sich zu Lucy und Henry hinab. „Sobald ich kann, setze ich mich ab. Ich schätze, ich werde schon vor euch bei den Zwillingsschluchten sein. Ich warte dann dort auf euch.“

Er tippte sich zum Abschied an die Stirn. Als Einziger trug er keinen Helm. Dann schnalzte er mit der Zunge und ritt gemächlich zur Sammelstelle.

Henry und Lucy drängten sich zurück zu den anderen. Mittlerweile war Violet aufgetaucht und wartete mit Chloé und Timothy am Springbrunnen auf sie.

„Was stinkt hier eigentlich so?“, fragte Timothy gerade.

Violet deutete auf ihren Rucksack. „Ich habe etwas Fuchskacke dabei“, sagte sie würdevoll. „Damit können wir später eine falsche Spur für die Meute legen und dem Fuchs mehr Zeit verschaffen.“

„Das ist ja widerlich“, ekelte sich Timothy, der sich nicht entscheiden konnte, ob er würgen oder gähnen sollte.

Lucy hingegen war beeindruckt. „Clever.“

Henry war sich nicht sicher. Aber fast glaubte er, so was wie ein Lächeln auf Violets Gesicht erkannt zu haben.

„Was starrst du denn so?“, fuhr sie ihn im nächsten Moment an, und Henry verwarf den Gedanken. Irrtum, das Mädchen konnte ganz sicher nicht lächeln.

Das Jagdhorn ertönte erneut. Die Hundemeute voran, verließ die Jagdgesellschaft den Innenhof des Schlosses.

„Kommt“, befahl Violet und marschierte in die entgegengesetzte Richtung.

„Sicher, dass es zum Wald hier langgeht?“, fragte Timothy.

Violet warf ihm einen vielsagenden Blick zu, sagte aber nichts. Stattdessen führte sie sie zu einer kleinen hölzernen Tür in der Schlossmauer, die sich hinter einem großen Brombeerstrauch verbarg. „Vorsicht, die sind ziemlich stachelig“, warnte sie die anderen, als sie sich an den dornigen Ranken vorbeischob und einen schweren eisernen Schlüssel hervorholte. Sie schloss die Tür auf, die sich mit einem vorwurfsvollen Ächzen öffnete. Sie mussten die Köpfe einziehen und geduckt eine schmale Treppe hinabsteigen, die sie in pechschwarze Dunkelheit führte.

„Geht's hier nicht einfach auf die andere Seite der Schlossmauer?“, wunderte sich Henry.

„Schon“, sagte Violet knapp. „Es ist aber ein Geheimgang, der uns bis in den Wald führt.“ Ihre Stimme hallte dumpf von den steinernen Wänden des Tunnels wider. „Wartet kurz“, befahl sie, und die anderen hörten, wie ihre Schritte verhallten, als sie die Treppe weiter hinabstieg. Die Tür hinter ihnen war mit einem dumpfen Hall ins Schloss gefallen und hatte das letzte bisschen Tageslicht ausgesperrt.

„Und wenn sie eine Spionin von Lady Blackstone ist?“, flüsterte Timothy. „Mir ist das hier nicht geheuer.“

„Du siehst Gespenster“, sagte Chloé, doch ihre Stimme klang nicht so zuversichtlich, wie Henry sich das gewünscht hätte.

„Ich sehe gar nichts“, antwortete Timothy. „Es ist stockfinster, und wir stehen hier wie bestellt und nicht abgeholt. Ein leichteres Ziel können wir eigentlich gar nicht abgeben.“

Sie warteten, und während die Zeit verstrich, bekam auch Henry ein ungutes Gefühl.

Schließlich tauchte weit unterhalb von ihnen ein orangeroter Schein auf. Schritte wurden lauter. Jemand kam näher.

Henry hielt die Luft an. Doch es war nur Violet, die mit einer brennenden Fackel in der Hand wieder zu ihnen hinaufstieg.

„Warum guckst du denn schon wieder so komisch?“, herrschte sie Henry an, als sie bei ihnen ankam. „Etwa Angst im Dunkeln?“

Henry straffte die Schultern. Das Mädchen ging ihm gehörig auf die Nerven.

„Mir nach“, sagte sie und leuchtete ihnen den Weg. „Passt auf, die Stufen sind sehr unregelmäßig und ziemlich glatt.“

Es stimmte. Je tiefer sie hinabstiegen, desto modriger und feuchter wurde es. Schließlich hatten sie den Fuß der Treppe erreicht. Vor ihnen lag ein Gang, dessen Boden aus festgestampfter Erde bestand. Er war so schmal, dass sie hintereinander laufen mussten.

Nach einer gefühlten Ewigkeit bemerkte Henry, dass der Weg anstieg und sie wieder Richtung Oberfläche führte. Und schließlich erreichten sie ein rostiges Gitter, durch das Tageslicht fiel. Violet kramte einen weiteren Schlüssel hervor und rüttelte damit in einem großen Vorhängeschloss herum. Als es aufschnappte, stemmte sie sich mit ihrer Schulter gegen das Gitter, und es öffnete sich quietschend. Und wieder mussten sie sich an einem wild gewucherten Brombeerbusch vorbeizwängen.

Der Geheimgang hatte sie auf eine kleine Lichtung im Wald geführt. Lucy ließ sich ins Gras fallen, pflückte ein Farnblatt, zerrieb es zwischen ihren Fingern und sog den Duft ein. Sie hatte die Augen geschlossen, und ein Lächeln breitete sich auf ihrem Gesicht aus. So unbeschwert hatte Henry Lucy schon lange nicht mehr gesehen. Und bei aller Gefahr, die auf sie lauerte, tat es gut, seine Freundin glücklich zu sehen.

„Hier entlang“, ertönte Violets herrische Stimme. „Wir haben nicht ewig Zeit.“

Lucy öffnete die Augen und rappelte sich auf. Das Lächeln verschwand aus ihrem Gesicht. Doch sie nickte Violet zu und folgte ihr leichtfüßig auf dem schmalen Pfad, der sie immer tiefer in den Wald führte.

Lucy kramte die bunten Bänder, auf die sie aus Tarnungsgründen verzichtet hatte, aus ihrer Tasche hervor und flocht sie sich beim Gehen wieder in die Haare.

Violet warf ihr einen skeptischen Seitenblick zu. „Was sollen die Bänder?“, fragte sie.

Lucy ließ sich mit ihrer Antwort Zeit. Bevor sie sprach, knüpfte sie gewissenhaft das letzte Band in eine ihrer Locken.

„Jedes Band steht für einen Menschen, der mir wichtig ist. Das hier zum Beispiel", sie griff sich in die Haare und zog ein graues Band in die Länge, „steht für meinen Großvater Elefantino."

„Du hast einen Großvater, der Elefantino heißt?", unterbrach Violet sie ungläubig.

„Hieß", verbesserte Lucy sie. „Er ist schon vor Längerem gestorben."

„Das tut mir leid", murmelte Violet automatisch.

Lucy schüttelte den Kopf. „Muss es nicht. In meiner Erinnerung lebt er ja weiter. Und das Band hilft mir, mich an ihn zu erinnern."

„Und an wen erinnert dich das feuerrote Band?", fragte Violet und deutete auf ein Band, das hell leuchtete.

Henry sah, wie sich Lucys Hals und ihre Ohren ebenfalls auffällig rot färbten.

„Das rote Band soll mich an Henry erinnern", murmelte sie. „Du weißt schon, der Holzkopf, der hinter uns geht."

„An den willst du dich freiwillig erinnern?" Violet schüttelte ungläubig den Kopf. Nachdem sie eine Weile schweigend nebeneinander hergelaufen waren, deutete sie auf Lucys Füße. „Und was hat es damit auf sich? Warum läufst du immer barfuß durch die Gegend? Und überhaupt? Tun dir die Steine, Stöcke und Tannennadeln nicht weh?"

Lucy blieb stehen und nahm einen ihrer Füße in die Hand. Auf einem Bein balancierend zeigte sie Violet ihre etwas schmutzige, aber unversehrte Fußsohle. „Wenn du bewusst, aber sanft auftrittst, kann nichts passieren. Dann kannst du sogar über Scherben und Feuer laufen."

„Okay. Aber das beantwortet nicht die Frage, warum du es tust", bohrte Violet nach.

Lucy legte ihren Kopf leicht schräg und warf Violet einen langen Blick zu.

„Vielleicht verrate ich es dir eines Tages. Falls wir Freundinnen werden sollten. Sollte ich mir irgendwann ein Band für dich ins Haar flechten, dann erzähle ich dir auch, warum ich keine Schuhe trage." Sie lächelte Violet an, die nur ungläubig den Kopf schüttelte.

Schweigend gingen sie weiter in den Wald hinein, und schon bald hatte Henry die Orientierung verloren. Doch Violet schien den Weg genau zu kennen.

„Wie weit ist es denn noch?", jammerte Timothy irgendwann. Die Hände auf die Knie gestützt, war er stehen geblieben.

Violet drehte sich zu ihm um. „Nicht mehr weit", sagte sie, kramte eine Wasserflasche aus ihrem Rucksack hervor und warf sie ihm zu. „Trink einen Schluck", befahl sie. „Das muss reichen. Für eine Pause haben wir keine Zeit. Der Fuchs darf auch nicht anhalten, wann er es möchte."

„Kann er schon", murmelte Timothy. „Wäre halt nur für immer."

Er wischte sich über den Mund und reichte die Flasche weiter. Als alle getrunken hatten, verstaute Violet die Flasche wieder in ihrem Rucksack, zog die Träger straff und ging weiter.

Timothy sah ihr nach. „Zäh wie Leder. Das muss man ihr lassen“, flüsterte er.

Chloé massierte sich die Oberschenkel. „Und Beine aus Stahl.“

Henry holte tief Luft. „Und eine Lunge aus Eisen“, ergänzte er.

Violet verschwand hinter der nächsten Wegbiegung.

„Dann müssen wir nur noch herausfinden, ob sie auch ein Herz aus Gold hat“, sagte Lucy gedankenverloren und setzte sich wieder in Bewegung, als es im Unterholz knackte. Sie fuhr herum und starrte in die Richtung, aus der das Geräusch gekommen war.

Henry folgte ihrem Blick. Doch außer einem Dickicht in den unterschiedlichsten Grüntönen war nichts zu erkennen. Er sah verstohlen zu Lucy. Der angespannte Gesichtsausdruck der letzten Wochen war zurückgekehrt. Er zog seine Freundin am Ärmel. „Komm, wir müssen weiter.“

Als sie wieder zu Violet aufgeschlossen hatten, deutete sie auf einen bemoosten Felsblock vor ihnen, um den sich ihr Pfad schlängelte.

„Den Felsen dort nennt man die steinerne Faust.“

Und in der Tat erinnerten die vier vom Wind über die Jahrtausende rund geschliffenen Spitzen des Felsens an die Knöchel einer geschlossenen Faust.

„Angeblich ist es die Faust eines Trolls, der einst die Königin von England beklaute. Ein Ritter soll ihn die ganze Nacht hindurch verfolgt haben. Im Morgengrauen stellte er den Troll, und es kam zum Kampf. Der Ritter schlug dem Troll die Hand ab, in der er das Juwel der Königin vermutete, und das Biest floh. Doch als der Ritter das Juwel aus der Hand des Trolls nehmen wollte, ging die Sonne auf, und die Faust des Trolls wurde zu Stein." Violet tätschelte den mannshohen Felsen. „Seither schlummert in dem Stein einer der größten Edelsteine der Welt."

Timothy machte große Augen. „Warum sprengt man das Ding nicht einfach in die Luft?"

Violet schüttelte den Kopf. „Angeblich soll die Königin gesagt haben, dass es keinen sichereren Ort für ihren Besitz geben kann als die steinerne Faust eines Trolls, die vom mutigsten Ritter

des Landes bewacht wird. Und so hat sie den Ritter zum ersten Earl von Arundel ernannt."

„Bescheuerte Geschichte", murrte Timothy. „Was nützt einem ein Diamant, wenn er auf ewig in einem Stein eingeschlossen ist?"

„Was nützt er dir, wenn du ihn dir um den Hals hängst?", fragte Lucy zurück.

Violet konnte ein anerkennendes Lächeln nicht unterdrücken. Also wandte sie sich ab. „Kommt weiter. Da vorne sind die Eingänge zu den Zwillingsschluchten. Gleich haben wir es geschafft."

Sie erreichten die Stelle, an der sich der Weg gabelte und jeweils in eine der Schluchten führte.

„Hier auf unseren Drachen durchjagen, das würde Spaß machen!“, raunte Timothy Henry zu, der nickte.

Chloé beugte ihren Kopf vor. „Vermisst ihr sie auch so sehr? Dabei sind wir gerade mal zwei Tage weg.“

Jetzt nickten Henry und Timothy beide.

Als Violet sich zu ihnen umdrehte, verstummten sie.

„Hier müssen wir uns trennen“, befahl sie. „Ihr zwei geht da lang“, sagte sie zu Henry und Lucy. „Chloé, Timothy, ihr kommt mit mir.“ Sie deutete auf den linken Pfad, setzte ihren Rucksack ab und zog den Reißverschluss auf.

„Nicht dein Ernst, oder?“, würgte Timothy.

Ein fieser Gestank drang aus dem Rucksack. Violet holte einen Beutel hervor und ließ ihn vor Timothys Gesicht baumeln, der angstvoll zurückwich.

„Da ist die Fuchskacke drin. Damit legen wir die falsche Fährte in die linke Schlucht. Wir müssen die Nasen der Hunde überlisten.“

„Das mach mal schön alleine", sagte Timothy bestimmt.

Violet musterte ihn geringschätzig. „Von mir aus. Ohne euch bin ich eh schneller. Dann wartet ihr beide eben hier auf mich. Wenn ich zurück bin, postieren wir uns gemeinsam vor dem Eingang der anderen Schlucht und scheuchen den Fuchs in diese Richtung."

Sie fixierte die beiden mit ihren grünen Augen, die, seit sie den Wald betreten hatten, noch intensiver leuchteten als ohnehin schon.

„Das ist die kritischste Stelle in unserem Plan. Der Fuchs könnte schon ziemlich müde sein. Und das bedeutet, die Hundemeute wird ihm auf den Fersen sein. Wir müssen also schnell sein. Kapiert?"

Dann wandte sie sich wieder Lucy und Henry zu. „Geht bis zum Flussufer. Wartet dort an dem kleinen Bootshaus auf uns. Wenn wir den Fuchs zu euch treiben, müsst ihr mit dafür sorgen, dass er in den Fluss springt und ans andere Ufer schwimmt. Wenn wir das hinbekommen, ist er gerettet. Die Hunde werden seine Fährte dann nicht mehr aufnehmen können."

„Hört sich nach einem guten Plan an", sagte Lucy, griff nach Henrys Hand und zog ihn hinter sich her.

Gemeinsam wanderten sie durch die rechte Zwillingsschlucht. Nach kurzer Zeit ragten seitlich von ihnen steile Felswände in die Höhe. Je weiter sie zwischen die Felsen vordrangen, desto schmaler wurde der Weg. Und steiniger. Bald gab es keine Blätter oder Tannennadeln mehr, die den Boden bedeckten.

Henry ging hinter Lucy und sah ihr dabei zu, wie sie leichtfüßig von Stein zu Stein sprang. Selbst scharfe Kanten machten ihren nackten Füßen nichts aus. Nach einer Weile drehte Lucy ihm den Kopf zu. „Und, was hältst du von Violet?"

Henry überlegte. „Keine Ahnung. Ein Herz aus Gold hat sie definitiv nicht." Er stockte kurz und grinste. „Hat Timothy aber auch nicht, und er ist trotzdem unser Freund."

Lucy lächelte. „Das ist gemein. Klar hat Timothy ein Herz aus Gold. Es ist nur unter einer dicken Schicht aus pikfeinem Adligenstaub verborgen."

„Und du glaubst, bei Violet ist es ähnlich?"

„Vielleicht. Nur dass die Staubschicht ein paar Zentimeter dicker und ziemlich verkrustet ist", antwortete sie.

Sie stiegen über ein paar Felsbrocken, die den immer enger werdenden Weg versperrten.

„Dass sie so tierlieb ist und den Fuchs retten will, passt jedenfalls gut zu den Blattfingern", überlegte Henry. „Und es muss schließlich einen Grund geben, warum Anonymus sie als seine Reiterin ausgesucht hat."

Irgendwann wurde der Weg wieder breiter, und Henry konnte zu Lucy aufschließen.

„Und? Hast du was Neues in Sachen Prophezeiungen herausfinden können?", fragte er.

Lucy schüttelte den Kopf. „Nein. Ich zermartere mir das

Hirn darüber, was weder grau noch grün ist, lande aber immer wieder bei den versteinerten Blattfingern."

Sie seufzte und ließ den Blick über die Felswände wandern, die langsam wieder niedriger wurden.

„Außerdem habe ich die ganze Zeit das Gefühl, dass uns jemand beobachtet." Lucy schüttelte den Kopf, und die bunten Bänder in ihren Haaren flogen von links nach rechts.

„Wenn nur unsere Drachen bei uns wären", seufzte Henry.

Sie gingen weiter, und noch bevor sie den Fluss sahen, konnten sie das Rauschen des Wassers hören. Schließlich wurde der Pfad noch breiter und führte sie erneut auf eine Lichtung. Und vor ihnen, direkt am Flussufer, stand eine kleine Blockhütte. Das Bootshaus, von dem Violet gesprochen hatte.

Die rote Farbe blätterte bereits von dem Holzhäuschen ab. Die Scheiben in den Fenstern waren ungeputzt und mit Spinnweben verhangen. Ein kleiner Anlegesteg führte einige Meter in den Fluss. Zwei Ruderboote, die am Steg vertäut waren, stießen mit einem beständigen Klappern aneinander. Neben dem Steg stand ein schiefes Schild, das man auch vom Fluss aus gut sehen konnte. *Land's end* war darauf zu lesen. *Wahrscheinlich hat es irgendein Scherzkeks hier aufgestellt*, ging es Henry durch den Kopf.

Lucy und Henry traten auf den Steg hinaus. Lucy setzte sich und ließ ihre Füße ins Wasser baumeln.

„Ganz schön starke Strömung", sagte Henry und ließ sich neben ihr nieder. „Hoffentlich schafft es der Fuchs bis ans andere Ufer."

„Die Flamme des Waldes, den Weg wird sie weisen. Doch Gefahr als Begleiter wird mit euch reisen. Trifft Feuer auf Wasser, trifft Böse auf Gut. Wer wird obsiegen, Angst oder Mut?", murmelte Lucy. „Was, meinst du, ist mit der Gefahr gemeint, die mit uns reist?" Sie deutete auf den Fluss. „Der vielleicht? Oder meinst du, die Prophezeiung meint damit einen Menschen? Jemanden, der uns verfolgt?" Sie sah sich suchend um.

Henry folgte ihrem Blick, doch da war wieder niemand. Bis auf den wilden Fluss war es ein friedlicher Ort. Geradezu malerisch. Die Berge, die Bäume, die Lichtung mit dem roten Häuschen, die Ruderboote. Henry schüttelte den Kopf. „Keine Ahnung."

Eine Weile saßen sie so da. Ein leises Brummen ließ Henry irgendwann aufhorchen.

„Hast du das auch gehört?"

Lucy hatte die Augen geschlossen und ihr Gesicht Richtung Sonne gewandt. „Das Wasser?", fragte sie.

„Nein, das meine ich nicht." Henry hörte genauer hin. „Da ist dieses Brummen."

Er beugte sich zu Lucy hinüber, die nun doch ihre Augen öffnete.

„Es kommt aus deiner Tasche", stellte er fest.

„Das Handy", sagte Lucy überrascht und kramte es hervor. „Hallo?" Sie presste das kleine Gerät an ihr Ohr. „Was? ... Ich versteh Sie kaum." Lucy legte die Stirn in Falten. „Was sagen Sie? Was für Augen?"

Sie war aufgesprungen und lief vom Steg weg, um dem lauten Rauschen des Flusses zu entkommen. Henry folgte ihr auf die Lichtung.

„Master Duncan? Sind Sie noch da? Hallo?“ Lucy ließ das Telefon sinken und starrte auf das Display. „Weg“, sagte sie nur. Sie versuchte Master Duncan zurückzurufen, doch es baute sich keine Verbindung mehr auf.

„Was ist denn los?“, fragte Henry alarmiert.

Lucy ignorierte ihn und versuchte es erneut. Doch die Leitung blieb tot. Sie starrte auf das Display. „Fünfzehn Anrufe in Abwesenheit“, murmelte sie fassungslos. Sie versuchte erneut zurückzurufen, doch wieder nichts. Sie ließ das Handy sinken.

„Lucy?“, fragte Henry alarmiert. „Jetzt sag schon was.“

Lucy war blass um die Nase geworden. „Das war Master Duncan.“

„Ach nee. Aber was wollte er?“

„Ich, ich hab ihn nicht richtig verstanden.“

Lucy tippte wieder hektisch auf die Rückruftaste, doch vergeblich.

Henry packte seine Freundin an der Schulter. „Jetzt lass doch mal das blöde Telefon. Was hat er gesagt?“

Sie blickte ihn mit aufgerissenen Augen an. „Er meinte, Mistress Dora hätte ihm von der Grau-und-Grün-Prophezeiung erzählt und dass sie sie gemeinsam entschlüsselt hätten ...“

„Grau wird nicht Grün sein, und Grün wird nicht Grau sein. Öffnet die Augen, es trügt euch der Schein!", ratterte Henry die Weissagung runter. „Und? Was bedeutet sie?"

„Ich habe es nicht richtig verstanden", rief Lucy frustriert. „Es geht jedenfalls nicht um die Blattfinger, hat Master Duncan gesagt. Und wir sollen uns in Acht nehmen, bis er da ist. Er ist auf dem Weg."

„Aber was bedeutet sie dann?", rief Henry.

„Die Verbindung war extrem schlecht. Irgendwas mit Augen. Dass es die Augen sind."

„Öffnet die Augen, es trügt euch der Schein", wiederholte Henry. Er raufte sich die Haare. „Ich kapier's nicht."

„Doch, doch, doch. Irgendwas ist da. Ich weiß es. Es ist alles in meinem Kopf. Ich krieg bloß die Teile noch nicht richtig zusammengesetzt", sagte Lucy.

Sie startete einen neuen Rückrufversuch. Doch wieder nichts.

„Fünfzehn Anrufe ...", murmelte sie. „So ein Mist! Seit gestern Nachmittag hat er jede Stunde versucht uns zu erreichen. Ich habe das blöde Ding auf lautlos gestellt und das Vibrieren nicht gehört."

Sie sah Henry entschuldigend an.

Er versuchte sie zu beruhigen. „Kann jedem mal passieren."

„Was machen wir denn jetzt?", fragte Lucy und lief aufgeregt hin und her. Doch die Entscheidung wurde ihnen abgenommen. Hinter ihnen ertönte Hufgetrappel, und sie fuhren herum. Von der Sonne geblendet, konnten sie nur die Silhouette eines einsamen Reiters erkennen, der gemächlich den Weg aus der Schlucht heraus auf sie zugeritten kam.

Als Henry ihn erkannte, atmete er erleichtert auf. „Gott sei Dank“, rief er und wollte auf ihn zulaufen.

Doch Lucy packte ihn am Arm. Ihr Körper hatte sich versteift. „Nicht, Henry“, rief sie und zog ihn mit sich zurück Richtung Steg.

„Was hast du denn? Es ist Graham“, rief Henry und wollte sich losreißen. Doch Lucys Hand hatte sich in seine Schulter gekrallt und hielt ihn fest.

„Die Augen“, stotterte sie. „Es sind seine Augen.“

Graham war nun nur noch wenige Schritte von ihnen entfernt.

„Da seid ihr ja“, begrüßte er sie gut gelaunt. „Und, läuft alles nach Plan?“

Er musterte Lucy, und das Lächeln aus seinem Gesicht verschwand. „Was ist los? Du siehst aus, als hättest du ein Gespenst gesehen.“

Lucy wich einen weiteren Schritt zurück.

„*Grau wird nicht Grün sein, und Grün wird nicht Grau sein. Öffnet die Augen, es trügt euch der Schein!*“, flüsterte sie. „Damit sind seine Augen gemeint. Ein grünes und ein graues Auge. Er ist nicht der, für den er sich ausgibt.“

Sie zog Henry weiter mit sich.

„Er ist nicht unser Freund. Er ist unser Feind.“

„So ein Quatsch“, sagte Henry. „Beruhig dich, Lucy. Graham ist hier, um uns zu beschützen. Schon vergessen? Master Duncan hat ihm sogar den Auftrag gegeben.“

„Nein, Henry. Hör mir zu, er ...“, rief Lucy, doch Henry ließ sie nicht zu Wort kommen.

„Graham hat sogar die zweite Prophezeiung entschlüsselt. Das mit der Flamme des Waldes. Das war gar nicht ich, das kam von ihm.“

„Oh, Henry, du hast ihm die Prophezeiung verraten?“, fragte Lucy entsetzt.

Während Lucy und Henry diskutierten, war Graham in aller Ruhe von seinem Pferd gestiegen und hatte sein Gewehr vom Rücken genommen.

„Nichts für ungut, Kumpel“, beendete er den Streit der beiden und richtete sein Gewehr auf sie. „Aber deine Freundin hat leider recht. Ich hatte gehofft, mein kleines Geheimnis noch ein bisschen länger wahren zu können. Aber es ist jetzt eigentlich auch egal.“

„Das, das kann doch nicht wahr sein!“, stammelte Henry. „Das ist ein schlechter Scherz, oder?“

Graham hob bedauernd die Schultern. „Leider nicht. Dafür lässt Lady Blackstone dir aber ihre freundlichsten Grüße ausrichten.“

Als Henry den Namen Blackstone hörte, zuckte er zusammen.

„Aber wieso?“, flüsterte er. „Du liebst doch Sieben Feuer und die Drachen genauso wie wir auch.“

Graham ließ sein Gewehr sinken, doch er behielt Lucy und Henry im Blick. Und zum ersten Mal kamen Henry Grahams unterschiedliche Augen unheimlich vor. Es lauerte etwas Unberechenbares in seinem Blick.

„Irrtum, Henry. Es stimmt zwar, dass ich Drachen liebe. Aber Sieben Feuer?“ Er schüttelte den Kopf. „Kann mir gestohlen bleiben!“

Er sog scharf die Luft durch die Nase ein, bevor er weitersprach.

„Weißt du, ich wollte Sieben Feuer nie verlassen. Als ich nach sieben Jahren gehen sollte, habe ich die Master angefleht, bleiben zu dürfen. Ich hätte alles dafür gegeben. Ich hätte als Küchenhilfe angefangen oder als Stallbursche. Ganz egal, Hauptsache, ich dürfte meinen Drachen weiter reiten. Doch die Master waren unerbittlich. Das Band, der Kodex, bla, bla, bla.“

Graham machte mit der Hand eine Bewegung, als ob er eine lästige Fliege verscheuchen würde.

„Erst mal sollte ich weg. Das richtige Leben kennenlernen. Im Dienste von Sieben Feuer arbeiten, aber nicht *auf* Sieben Feuer.“

Er schüttelte den Kopf.

„Klar, für so Leute wie Stewart Todd war das kein Problem. Leute wie er nutzen Sieben Feuer als Sprungbrett in die feine Gesellschaft. Wer auf Sieben Feuer war, dem stehen im Königreich alle Türen offen. Nur nicht die Tür zurück. Aber ehrlich?

Ich pfeif auf die feine Gesellschaft. Ich bin ein Abenteurer, ich will mein Leben auf dem Rücken eines Drachen verbringen und nicht auf dem eines 100.000 Pfund teuren Pferdes." Er tätschelte Satansbraten den Hals. „Nichts für ungut, mein Junge. Kannst du mich nicht verstehen?" Er warf Henry einen flehenden Blick zu. „Wir sind uns doch ähnlich. Wenn ich dich anschaue, dann sehe ich mich. Nur in jünger." Er stockte. „Und in glücklich", fügte er selbstmitleidig hinzu.

Henry war hin- und hergerissen. Er konnte sich auch nicht vorstellen, seinen Drachen oder Sieben Feuer irgendwann verlassen zu müssen.

Doch gemeinsame Sache mit Lady Blackstone machen? Niemals!

Er warf Lucy einen hilfesuchenden Blick zu und sah, wie sich seine Freundin ganz langsam, fast unmerklich wieder auf Graham zubewegte. Egal, was sie auch vorhatte, es war zu gefährlich. Henry griff nach ihrer Hand, um sie daran zu hindern. In Grahams Augen flackerte es bedrohlich, und im Nu hatte er wieder das Gewehr in den Anschlag genommen.

„Stehen bleiben!", zischte er und taxierte Lucy. „Du bist genauso eine Heuchlerin wie die Master. Wisst ihr, was sie mir gesagt haben, als ich nach sieben langen Jahren nach Sieben Feuer zurückkehrte, um an meiner ersten Verabschiedung als Alumni teilzunehmen?"

„Sie werden es uns sicher gleich verraten", sagte Lucy mit kühler Stimme.

„Ich bat die Master, mich als Lehrer aufzunehmen. Ich war nun sieben Jahre lang fort gewesen und wollte immer noch nichts sehnlicher, als zurückzukehren." Graham war inzwischen so wütend, dass er kleine Spucketropfen beim Reden versprühte. „Ich wäre der beste Drachenreitlehrer geworden, den Sieben Feuer je gesehen hätte. Aber ich war den alten Mastern nicht verantwortungsbewusst genug. Pah! Nur weil ich hier und da mal beim Pferderennen gewettet habe. Als ich jetzt, weitere sieben Jahre später, zur nächsten Verabschiedung gekommen bin, haben sie mir gesagt, dass ich mich beweisen kann. Dass ich hier auf Arundel euren Babysitter geben soll. Und sollte mir das gelingen, ja, dann könnte ich vielleicht wieder zurückkehren." Er schüttelte den Kopf. „Nach vierzehn Jahren. Pech nur, dass ich zwischenzeitlich Lady Blackstone kennengelernt habe."

Lucy schnitt ihm das Wort ab. „Sie haben beim Glücksspiel die Träne der Erinnerung als Wetteinsatz hergegeben. Das Wertvollste, was Ihnen Ihr Drache anvertrauen konnte. Sie haben Ihre Erinnerungen verspielt. So wichtig kann Ihnen Ihr Drache ja wohl nicht gewesen sein."

Grahams Hand fasste sich automatisch an den Hals. „Du kleine Hexe!", zischte er.

Henry schob sich vor seine Freundin. „Du würdest niemals auf uns schießen, Graham!"

Graham lächelte. „Erschießen würde ich euch nicht. Schließlich braucht Lady Blackstone euch lebendig. Aber anschießen vielleicht schon. Schließlich hat Mistress Leonella doch jedem von euch ein Fläschchen *trauriges Elixier* auf eure kleine Mission mitgegeben. Eine Schusswunde täte zwar weh, aber mit ein bisschen heilendem Saft drauf wäre sie völlig ungefährlich."

„Der ist doch total wahnsinnig!", flüsterte Lucy.

Aber Henry ließ sich nicht einschüchtern. „Lady Blackstone ist böse, Graham. Weißt du, was sie mit Anonymus gemacht hat? Sie hat ihn in ein Kellerverlies eingesperrt. Sie hat ihn angekettet und ihm seine Hörner versilbert. Das ist die schlimmste Folter, die man einem Drachen antun kann!", rief er.

Graham schüttelte den Kopf. „Lady Blackstone tut, was nötig ist", zischte er. „Sie wurde vom Bündnis genauso betrogen wie ich auch. Aber wenn wir erst mal die Blattfinger wieder zum Leben erweckt haben, Henry, dann werden wir unser eigenes Bündnis gründen. Ein besseres Bündnis. Ein Bündnis, das ein Leben lang hält. Ein Drachenleben lang. Weißt du, wie alt Lady Blackstone dank des Pulvers der Jugend ist?" Seine Stimme war nun sehr laut geworden. „Wir werden Sieben Feuer in Schutt und Asche legen. Und ein neues Bündnis wird aus den Trümmern entstehen. Henry, du kannst einer von uns sein. Okay, du und Lady Blackstone hattet vielleicht einen schlechten Start. Aber wenn ich ein gutes Wort für dich einlege, wird sie nachsichtig mit dir sein. Schließlich seid ihr beide Goldzungen."

Hinter ihnen raschelte es, und Graham fuhr herum. Am Ausgang der Schlucht war der Fuchs erschienen. Das Tier war völlig außer Atem. Er hatte den Kopf zwischen die Schulter gezogen. Vor seinem Maul, aus dem die Zunge hing, hatte sich Schaum gebildet. Voller Angst starrte er sie an.

„Die Flamme des Waldes", rief Graham. „Los, geht zur Seite." Er dirigierte Henry und Lucy mit dem Lauf seines Gewehrs weg vom Steg. „Die Prophezeiung muss sich erfüllen. Lasst ihn durch zum Wasser."

Es raschelte erneut, und Violet, Chloé und Timothy brachen hinter dem Fuchs durch das Unterholz. Verschreckt machte der Fuchs einen Satz nach vorne. Er verharrte kurz, dann traf er eine Entscheidung. Geduckt lief er los. Rannte vorbei an Graham und zwischen Lucy und Henry hindurch auf den Steg. Und von Angst getrieben sprang er in die reißenden Fluten.

Einen Moment lang schwiegen alle. Sie sahen dem Tier hinterher, das sich durch die Wellen kämpfte. Der Fuchs schwamm um sein Leben. Als er die Mitte des Flusses erreichte, verschwand er hinter der nächsten Biegung aus ihrem Blickfeld.

Timothy war der Erste, der seine Stimme wiederfand. „Bin mir nicht so sicher, ob er es wirklich bis zum anderen Ufer schafft. Er war schon ziemlich am Ende."

Er blickte zu Graham, der Violets schwarzen Hengst an den Zügeln gepackt hatte und ihn beruhigte. Der Fuchs hatte das Pferd verschreckt.

„Waidmannsheil", begrüßte er ihn.

„Timothy!", versuchte Henry ihn zu warnen, doch Graham war schneller. Er ließ die Zügel des Pferdes los und hob erneut sein Gewehr.

„Waidmannsdank", sagte er und grinste. „Wie schön, da haben wir ja alle beisammen." Er deutete mit dem Lauf seines Gewehrs von einem zum andern.

„Violet, die neue Drachenreiterin, und Henry, die Goldzunge, und als netten Beifang noch drei weitere kleine Drachenreiter. Kann mir vorstellen, dass Lady Blackstone für euch auch noch Verwendung findet."

Er lachte gut gelaunt.

„So und jetzt sammelt euch mal hübsch am Steg und leert eure Taschen. Mal sehen, ob ihr für Lady Blackstone und mich außer dem *traurigen Elixier* noch ein paar weitere Willkommensgeschenke mitgebracht habt."

Timothy und Chloé warfen Henry und Lucy alarmierte Blicke zu. „Was soll das?", stotterte Timothy, der reflexartig nach Chloés Hand gegriffen hatte und sie von Graham wegzog.

„Andere Richtung", schnauzte Graham sie an und deutete mit dem Kinn auf Henry und Lucy. „Wird's bald? Oder braucht ihr eine Extraeinladung?" Er fuchtelte mit dem Gewehr vor ihnen hin und her.

Chloé und Timothy zuckten zusammen. Eingeschüchtert folgten sie seiner Aufforderung und huschten zu Henry und Lucy.

Nur Violet bewegte sich nicht. „Was fällt dir ein, mich so herumzukommandieren?", sagte sie störrisch. „Ich habe dir heute Morgen mein Pferd anvertraut. Da wäre ja wohl ein wenig Dankbarkeit angebracht. Und was faselst du da von Drachenreitern und Goldzungen?"

Graham schüttelte ungläubig den Kopf. „Du warst so ein wildes und lustiges Kind. Schade, jetzt wirst du immer mehr wie deine Eltern." Er seufzte. „Vielleicht ist dir noch nicht aufgefallen, dass ich ein Gewehr auf dich richte. Wenn du nicht willst, dass ich dir ein Loch in dein schönes Outfit schieße, gehst du jetzt besser zu deinen Freunden rüber."

Violet verschränkte die Arme vor der Brust. „Das sind nicht meine Freunde. Zumindest nicht alle, und ich will jetzt wissen, was hier los ist!", antwortete sie schnippisch.

Henry hatte erwartet, dass Graham die Geduld verlieren würde. Aber Violet schien ihn zu amüsieren.

„Mein liebes Fräulein", sagte er, „hast du es immer noch nicht kapiert? Du wurdest auserwählt, eine Drachenreiterin zu werden. Ja, es gibt sie wirklich. Riesige uralte Wesen, die fliegen, Feuer speien und Gold fressen. Sie sind sogar dazu in der Lage, mit uns Menschen zu kommunizieren. Die Letzten ihrer Art leben verborgen vor der Menschheit auf einer Insel weit im Norden."

„Sieben Feuer?", fragte Violet verwirrt.

„Ganz genau, die sagenumwobene Insel der Sieben Feuer. Auf der sich das wohl geheimnisvollste Internat der Welt befindet. Allerdings nicht mehr lange. Denn Lady Blackstone und ..."

„DIE Lady Blackstone?", unterbrach Violet ihn.

„Es gibt nur die eine", entgegnete Graham. „Sie hat mich unterstützt, als die Master von Sieben Feuer mich hängen ließen." Er deutete auf den schwarzen Becher, den Lucy widerwillig vor sich ins Gras gestellt hatte. „Lady Blackstone hat mir eines der letzten beiden Drachenorakel geschenkt. Das hier ist das zweite. Und seit ich es habe, reißt meine Glückssträhne nicht mehr ab."

Henry erinnerte sich an das, was Happy gesagt hatte. Dass es einen zweiten Reiter gab, der genau wie Lucy ein großes Talent im Umgang mit den Drachensteinen besaß.

Graham?

„Jedenfalls sind die Tage von Sieben Feuer gezählt, weil Lady Blackstone und ich ein neues Zeitalter der Drachen einläuten werden."

Violet hob leicht die Augenbrauen, sagte aber nichts. Wahrscheinlich glaubte sie, dass Graham den Verstand verloren hatte.

„Genug geplaudert. Wir müssen uns ein wenig sputen", schloss Graham und tastete nach seiner Satteltasche, ohne die anderen aus den Augen zu lassen. Er kramte ein Seil hervor. „Wenn ich dich bitten darf, Violet? Bring mir die Sachen und fessle dann den anderen hiermit die Hände. Schön fest, damit der kleine Lockenkopf da", er deutete auf Lucy, „auch ja keine Dummheiten macht."

Lucy funkelte Graham böse an. Doch Henry legte ihr eine Hand auf den Arm. „Falscher Zeitpunkt", raunte er ihr zu.

Violet nahm das Seil entgegen. Dieses Mal befolgte sie Grahams Anweisungen. Sie suchte Henrys Blick und machte ihm klar, dass sie etwas vorhatte. Henry schüttelte unmerklich den Kopf, doch sie presste ihre Lippen aufeinander und wandte ihren Blick Lucy zu, die nickte. Die Mädchen waren sich einig. Sie würden sich gegen Graham zur Wehr setzen.

Violet beugte sich zu ihnen hinunter und begann, einem nach dem anderen die Hände zu fesseln.

Graham beobachtete sie und nickte zufrieden. „Braves Mädchen." Ihm entging allerdings, dass Violet das Seil um Henrys Hände nur sehr locker band. Als sie damit fertig war, sammelte sie das Drachenorakel, die kleinen Fläschchen mit den Elixieren und Lucys Handy ein. Gleichzeitig schirmte sie das Milchschuppenmesser, das Henry vor sich abgelegt hatte, mit ihrem Körper ab und schob es mit dem Fuß unter seinen Stiefel. „Wenn ich das Zeichen gebe, befreist du die anderen und ihr rennt zu den Booten", flüsterte sie.

Bevor Henry sie von ihrem Plan abhalten konnte, hatte sich Violet bereits wieder aufgerichtet und ging mit vollen Armen zu Graham zurück, der begierig auf die Sachen starrte.

„Wo ist das Messer?", zischte er, als er es nicht entdeckte.

Doch statt zu antworten, ließ Violet die Sachen einfach fallen und riss den linken Arm in die Höhe. „Steig, Satansbraten!"

Der Hengst, der hinter Graham gestanden hatte, stieg in die Höhe. Graham fuhr erschrocken herum und wurde von einem Vorderhuf an der Schulter getroffen. Er stolperte zur Seite und ließ sein Gewehr fallen.

„In die Boote!", rief Violet, machte auf dem Absatz kehrt und rannte zurück zum Steg. Henry befreite sich von seinen Fesseln, schnappte sich sein Messer und schnitt die anderen los. Sie rappelten sich auf, rannten über den Steg und sprangen in die auf der Wasseroberfläche schaukelnden Boote.

Henry zerschnitt das Tau, mit dem das vordere Boot festgemacht war, während sich Timothy die Ruder schnappte. Chloé kletterte in den Bug. Das Boot wurde von der Strömung mitgerissen.

Lucy wartete bereits im Bug des anderen Boots, als Violet angerannt kam und mit einem großen Satz zu ihnen sprang. Sie strauchelte, fiel auf ihren Arm und verzog das Gesicht vor Schmerz. Doch es war keine Zeit, sich darum zu kümmern.

Henry zerschnitt das zweite Tau, und auch ihr Ruderboot trieb vom Steg weg.

Mittlerweile hatte sich Graham wieder aufgerappelt und griff nach seinem Gewehr.

Henry versuchte mit den Rudern klarzukommen. Doch anders als Timothy hatte er noch nie zuvor in seinem Leben in einem Ruderboot gesessen. Er schaufelte wild durchs Wasser, bekam das Boot aber nicht unter Kontrolle. Sie kreiselten einmal um sich selbst.

„Nur mit dem rechten Ruder", rief Violet. „Und dann durchziehen bis zum Ende."

Henry folgte ihrem Befehl, und die Spitze des Bootes richtete sich in der Strömung aus.

„Gut so. Und jetzt mit dem linken gegensteuern. Wir müssen auf die andere Seite des Flusses kommen, und zwar schnell."

„Erst mal müssen wir diesem Wahnsinnigen entkommen!", rief Henry und ruderte so kräftig, wie er konnte.

Sie näherten sich der Biegung des Flusses, hinter der kurz vorher der Fuchs verschwunden war.

Wir schaffen es, dachte Henry, als er zurück zum Ufer blickte ...

... und ein Knall die Luft zerriss.

Henry spürte einen Schlag in der rechten Schulter, so stark, als ob Happy ihn gerammt hätte. Doch es folgte kein Schmerz. Dann merkte er, dass er nur noch ein kurzes Stück des Ruders in der Hand hielt. Graham hatte nicht auf ihn geschossen, sondern auf das Ruder. Ein weiterer Schuss ertönte, und das linke Ruder wurde Henry komplett aus der Hand gerissen. Er blickte fassungslos zurück zu Graham, der ihnen hinterherstarrte, während sie von der Strömung davongetragen wurden.

„Was machen wir denn jetzt? Ohne Ruder kommen wir nicht wieder ans Ufer!", rief Henry über das Rauschen des Wassers hinweg.

„Aber wir müssen ans andere Ufer", rief Violet. „Hinter der nächsten Flussbiegung kommt die letzte Anlegestelle vor dem Wasserfall. Paddelt mit euren Armen!" Verzweifelt beugte sie sich über den Rand des Bootes und fuhr mit den Händen ins Wasser. Doch sie zuckte zurück und hielt sich ihren verletzten Arm.

Henry und Lucy beugten sich nun ebenfalls rechts und links über den Rand des Bootes und versuchten mit den Händen zu rudern. Doch es war hoffnungslos. Der Fluss machte mit ihnen, was er wollte.

Vor sich sahen sie Timothy und Chloé, die bereits fast das andere Ufer erreicht hatten und in ruhigerem Fahrwasser an der Böschung entlangfuhren. Sie würden sie bald überholt haben.

Timothy starrte zu ihnen herüber und begriff. Er zeigte Henry an, dass er ihm eins seiner Ruder zuwerfen würde. Als sie ungefähr auf gleicher Höhe waren, schmiss er es in seine Richtung. Das Paddel wirbelte durch die Luft und platschte gut einen Meter vor Henrys Boot ins Wasser.

„Lucy! Henry!", schrie Chloé verzweifelt, doch ihre Rufe konnten nichts ausrichten. Das Wasser riss die drei fort. Vorbei an Chloé und Timothy, die den rettenden Steg auf der anderen Seite des Flusses erreicht hatten und ihnen erschrocken hinterherstarrten.

„Ihr müsst aus dem Boot raus!", schrie Timothy und fuchtelte wild mit den Armen. „Springt ins Wasser und versucht ans Ufer zu schwimmen!"

Doch der Fluss riss sie weiter mit sich. Es war wie auf dem Rücken eines wild gewordenen Drachen. Gischt spritzte und nahm ihnen die Sicht. Und plötzlich waren Chloé und Timothy verschwunden. Der Fluss hatte Henry, Violet und Lucy mit um die nächste Biegung genommen. Glitschige Felsen ragten wie das aufgerissene Maul eines riesigen Krokodils aus dem Wasser. Mit einem lauten Krachen schleuderte die Strömung sie gegen die Steine. Knirschend splitterten die Planken des Boots, und Wasser schoss in den Rumpf.

„Raus hier!", rief Lucy.

Henrys Blick flog von den beiden Mädchen über das brodelnde Wasser vor ihnen, und er riss die Augen auf. Da war er. Der Abgrund! Eingerahmt von zwei hohen Felsen, die Henry an zwei riesige Dracheneier erinnerten, stürzte der Fluss in die Tiefe.

Und da entdeckte Henry den Fuchs. Genau wie sie kämpfte er gegen die Fluten an. Er hatte sich in den dünnen Ast eines Baums verbissen, der von der Uferböschung über den Fluss ragte.

„Bei drei", gab Henry das Kommando. Und im nächsten Augenblick sprangen sie über Bord.

Das Wasser war kalt. Eiskalt. Henry stockte der Atem. Er tauchte kurz unter und kämpfte sich prustend wieder an die Oberfläche. Das rettende Ufer kam näher. Er drehte sich zu Lucy und Violet um. Lucy war eigentlich eine großartige Schwimmerin, das wusste Henry. Doch mit der starken Strömung hatte auch sie ihre Schwierigkeiten. Und Violet erst recht.

Hilflos trieben die beiden auf den Abgrund zu.

Henry drehte ab. Weg vom Ufer und den Mädchen hinterher.

„Nicht, Henry!", prustete Lucy. „Schwimm ans Ufer!"

Doch Henry dachte gar nicht daran. „Versucht euch an dem Baumstamm festzuhalten!", schrie er und durchpflügte das Wasser. Er kam den beiden immer näher, ging unter und tauchte wieder auf.

Dann spülte ihn die Strömung über den Baumstamm hinweg, der über dem Abgrund ragte. Reflexartig klammerte er sich mit Armen und Beinen um das glitschige Holz. Aus den Augenwinkeln sah er Lucys schwarzen Lockenkopf aus dem

Wasser auftauchen und dann Violets flammend rote Haare. Henry presste die Beine, so fest er konnte, an den Holzstamm. Er breitete die Arme aus und bekam zwei Hände zu fassen. Im nächsten Moment ruckte es in Henrys Schultern, und die Mädchen baumelten an Henrys Händen über dem Abgrund.

Weit, weit unter ihnen konnte Henry den Stausee von Arundel erkennen. Dort, wo die Fluten hineinstürzten, brodelte es wie in einem Hexenkessel. Lucy hatte ihre zweite Hand zu Hilfe genommen und klammerte sich an Henrys Arm. Doch Violet konnte ihren verletzten Arm nicht heben, und so rutschte ihre Hand Millimeter für Millimeter aus Henrys Umklammerung.

Halt durch!, hallte es auf einmal durch Henrys Kopf. Vor Schreck hätte Henry beinahe die Mädchen fallen gelassen. Anonymus hatte das Band zu ihm geknüpft. Doch wie konnte das sein? Sieben Feuer war Hunderte Meilen entfernt.

Doch da war seine Stimme wieder. *Bitte, Henry,* flehte ihn der Drache an. *Nur noch einen Moment, dann bin ich bei euch.*

„Anonymus?“, keuchte Henry. „Was? Wie? Ich versteh nicht.“

Henrys Hand verkrampfte sich, doch sosehr er auch versuchte Violet zu halten, sie entglitt ihm weiter.

Der Blattfinger kappte das Band zu ihm. Und im nächsten Moment sah Henry, wie er durch das Unterholz am Seeufer brach, seine Schwingen spreizte und sich in die Luft schwang.

Kurz bevor Violets Hand vollends aus seiner glitt, trafen sich ihre Blicke ein letztes Mal. Doch da war keine Angst mehr in ihren Augen, sondern nur noch grenzenlose Verwirrung. Und statt zu schreien, flüsterte sie nur: „Pan! Ich nenne dich Pan!“

Im nächsten Moment schoss Anonymus heran, schob seinen massigen Körper unter sie und fing sie auf.

Henry hatte keine Zeit, erleichtert zu sein. Mit seiner frei gewordenen Hand griff er nach Lucy. Er versuchte sie hochzuziehen, doch er hatte nicht mehr genug Kraft.

„Henry!“, rief Lucy. „Lass mich los!“

Henry schüttelte den Kopf. „Niemals!“

„Du verstehst nicht …“, keuchte sie. „Die letzte Prophezeiung. Sie wird gerade wahr. Ich weiß jetzt, was sie bedeutet.“ Dann wand sie sich aus seiner Umklammerung und stürzte hinab.

Du verdammter Dickkopf! Henry konnte es nicht fassen. Aber wenn seine Freundin geglaubt hatte, er würde sie alleinlassen, hatte sie sich getäuscht.

Henry ließ den Baumstamm los und stürzte ihr hinterher.

Was für eine dumme Idee, ging es ihm im selben Moment durch den Kopf. Denn anders als Lucy hatte Henry nie bei einem Mitternachtsspringen auf Sieben Feuer teilgenommen.

Während Lucy sich streckte und mit den Armen voran elegant ins Wasser eintauchte, segelte er unkontrolliert durch die Luft und knallte unsanft auf die Wasseroberfläche.

Es tat höllisch weh. Als ob er in einen Topf voller Ohrfeigen gesprungen wäre.

Henry strampelte mit den Beinen, aber die Strömung zog ihn hinab.

In seinen Ohren sauste es dumpf. Und je tiefer er sank, desto spärlicher wurde das Licht. Über sich konnte er noch die Stelle erkennen, an der die Wassermassen in den Arundelsee stürzten. Doch sie war bereits weit entfernt, und das Brüllen und Tosen des Wassers war fast völlig verstummt.

Um ihn herum wurde es immer stiller. Er dachte an die Prophezeiung, die doch noch in Erfüllung ging, sosehr sich Lucy auch dagegen gewehrt hatte. Er dachte an Lucy und wurde traurig. Hoffentlich würde sie es schaffen.

Und während er weiter sank, musste er an seine Drachen denken. An Anonymus, an Happy und schließlich an Phönix. Es wurde dunkler und dunkler und kälter und kälter. Doch in Gedanken war er bei Phönix, und irgendwie hatte er keine Angst.

Plötzlich stieß er gegen einen Felsen. Ganz sachte nur, ohne dass es wehgetan hätte.

Ein versteinerter Ast!, ging es Henry durch den Kopf, und er griff danach.

Kaum hatte er den mit Algen bewachsenen Ast berührt, öffnete sich darunter ein schmaler Spalt. Dahinter schimmerte ein goldener Kreis, der in der Mitte von einer schwarzen Sichel geteilt wurde.

Ein Auge. Das einem Drachen gehörte.

Was Henry für einen Ast gehalten hatte, war in Wirklichkeit das Horn eines Drachen gewesen. Und die graugrüne Fläche darunter war nicht etwa die Rinde eines Baumstamms, sondern das Schuppenkleid, das den Kopf eines Blattfingers bedeckte.

Eines Blattfingers, der seit Jahrhunderten versteinert am Grund des Arundelsees darauf gewartet hatte, wiedererweckt zu werden.

Henry wurde schwummerig. Lange würde er die Luft nicht mehr anhalten können. Und da hörte er auf einmal eine bekannte Stimme in seinem Kopf, die ihm Mut machte: *Jetzt nicht aufgeben, Henry! Hörst du?* Es war Phönix, dessen Band ihn aus der Ferne plötzlich fest umschlang.

Er sah seinen Drachen, der aufgeregt durch die Höhle am gähnenden Abgrund tigerte.

Und das Nächste, was Henry spürte, war eine Pranke, die nach ihm griff. Saugnäpfe, die ihn wenig zimperlich an die Wasseroberfläche zerrten.

Das Erste, was Henry spürte, als er wieder aufwachte, waren Lippen, die sich auf seine pressten. Er öffnete die Augen und sah verschwommen Lucys Lockenkopf, der sich vor dem blauen Himmel abzeichnete.

Prompt bekam er einen fürchterlichen Hustenanfall, bei dem er reichlich Seewasser um sich spuckte.

„Du lebst!“, rief Lucy und umarmte ihn lachend und schluchzend zugleich.

Henry stöhnte gequält auf. Alles an seinem Körper schien wehzutun, und ein Pfeifen tönte in seinem Ohr. „Nein, du lebst“, röchelte er erleichtert.

„Jetzt bring ihn nicht gleich wieder um die Ecke“, ertönte eine bekannte Stimme hinter Lucy. Es war Timothy, der einen Arm um Chloé gelegt hatte. Die beiden lächelten ihm matt, aber erleichtert zu.

Hinter ihnen schüttelte sich Anonymus das Wasser aus den Schuppen. An seiner Seite stand Violet, die den Blattfinger liebevoll musterte.

Als Letztes entdeckte Henry Master Duncan. Er sah aus wie

ein Walross. Sein Schnurrbart hing ihm nass über die Oberlippe, Wasser schwappte aus seinem Stiefel, und ein Teil seines Gipsbeins war abgebrochen. Kopfschüttelnd wrang er seinen vollgesogenen Hut aus. „Du schaffst mich, Henry. Wirklich. Du ziehst den Ärger an wie das Licht die Motten."

Seine rauen Worte konnten aber nicht darüber hinwegtäuschen, wie glücklich er war, Henry am Leben zu sehen.

Henry spürte, wie er müde wurde. Unglaublich müde. Und kurz bevor ihm die Augen wieder zufielen, sah er, wie sich ein pitschnasser Fuchs die Uferböschung hinaufkämpfte.

Als Henry das nächste Mal erwachte, war er wieder zurück auf Sieben Feuer. Genauer gesagt, im Krankenzimmer von Mistress Leonella, die gerade versuchte, ihm ein heißes, bitteres Gebräu einzuflößen.

„Es ist Zeit, aufzuwachen, Henry", sagte sie behutsam. „Du hast jetzt zwei Tage und zwei Nächte durchgeschlafen." Sie hatte ihre runzlige kleine Hand in seinen Nacken gelegt, um ihn zu stützen. Mit der anderen schob sie ihm einen Löffel zwischen die spröden Lippen.

Henry versuchte sich aufzusetzen und verzog das Gesicht. Seine Seite tat immer noch höllisch weh. Ein dicker Verband war um seinen Brustkorb gewickelt. Er betastete seinen Kopf. Auf seinem linken Ohr war etwas, das sich anfühlte wie Ohrenschützer. Ein weiterer Verband war ihm um den Kopf gebunden worden.

„Er sieht aus wie eine Mumie“, hörte er die Stimme seines Freundes Arthur.

Das Pfeifen in seinem Ohr war verschwunden. Doch jetzt klang alles seltsam gedämpft. Er hatte kaum verstanden, was Arthur gerade gesagt hatte.

Außer Arthur und Mistress Leonella war nur Master Duncan anwesend.

„Schön, dass du wieder unter den Lebenden bist“, begrüßte er ihn. Sein Schnurrbart war in der Zwischenzeit getrocknet und lag wie eine aufgeplusterte haarige Raupe zwischen Nase und Mund. „Zwischenzeitlich dachten wir schon, dass du gar nicht mehr aufwachen würdest.“

Master Duncan reckte sich, und unter seinem zerknitterten Hemd blitzte sein haariger Bauch hervor.

„Timothy hat dir den Spitznamen Dornröschen verpasst und Lucy damit geärgert, dass sie dich doch noch mal wachküssen sollte.“

Henry spürte, wie er rot wurde. Er hoffte, dass Master Duncan es nicht bemerken würde. Doch der gähnte nur herzhaft.

„Die letzten 48 Stunden haben wir abwechselnd an deinem Bett gewacht. Irgendwann musste ich Lucy sogar wegtragen. Sie hat sich schlicht geweigert, dich alleine zu lassen.“

„Ich übrigens auch“, rief Arthur.

„Keiner deiner Freunde wollte dir von der Seite weichen“, sagte Mistress Leonella lächelnd.

„100 % wahr“, ergänzte Arthur. „Sogar Timothy hat draußen vor der Tür gewartet, bis er wieder zu dir durfte. Einmal ist er im Stehen eingeschlafen und umgekippt. Jetzt hat er eine fette Beule am Kopf.“ Arthur tippte sich an seine Drachenballkappe. „Wäre ihm hiermit nicht passiert.“

„Nun lasst Henry doch erst mal seine Ruhe. Er ist ja gerade erst aufgewacht“, ermahnte Mistress Leonella Arthur und Master Duncan. „Genau aus dem Grund erlaube ich maximal zwei Leute gleichzeitig an seinem Bett. Iss weiter, Henry“, befahl sie und führte ihm wieder den Löffel an die Lippen. „Du hast dir leider drei Rippen gebrochen“, erzählte sie. „Dank deiner guten Selbstheilungskräfte und unseres *traurigen Elixiers* wachsen sie schnell wieder zusammen. Nichts, worüber du dir Sorgen machen müsstest.“ Sie tauchte den Löffel erneut in die dampfende Schale. „Deine linke Körperhälfte ist ein einziger blauer Fleck. Du bist wirklich sehr unglücklich auf der Wasseroberfläche aufgekommen. Eigentlich würde es ewig dauern, bis die Verfärbungen verschwinden. Ich habe dir aber eine besondere Salbe aus vierzehn Kräutern unter den Verband geschmiert, die ich alle mithilfe von Drachendung gezogen habe.“

Sie rümpfte die Nase, sodass ihre große rot umrandete Brille nach vorne rutschte.

„Die Tinktur riecht ein bisschen streng. Aber sie hilft.“

Sie schob die Brille zurück an ihren Platz und rührte das Gebräu in der Schale um. Dann seufzte sie.

„Dein Ohr macht mir allerdings Sorgen. Das Trommelfell hat beim Aufprall auf die Wasseroberfläche ziemlichen Schaden genommen."

Sie sah Henry bedauernd an, dessen Hand reflexartig den Verband abtastete, der über seinem Ohr lag.

„Ich glaube nicht, dass du auf dem Ohr dein Gehör zurückerlangen wirst." Sie stellte die Schale zur Seite, griff behutsam nach Henrys Händen und drückte sie fest. „Es tut mir leid, mein Junge. Dagegen sind alle Kräuter dieser Welt machtlos."

Henry blickte Mistress Leonella tapfer an und atmete tief durch. „Ich nehme an, es hätte schlimmer kommen können, oder?"

Master Duncan nickte und klopfte sich mit dem Knöchel auf die Augenklappe, die sein rechtes Auge bedeckte. „Drachenreiter wie wir leben gefährlich."

Schweigend löffelte Henry seine Suppe weiter. Und ganz langsam kehrten seine Lebensgeister zurück. Und mit ihnen die Erinnerungen an das, was passiert war. Obwohl die so löchrig waren wie ein Schweizer Käse. Er erinnerte sich daran, wie er den Wasserfall herabgestürzt und auf der Seeoberfläche aufgeprallt war, und an Phönix, der bei ihm gewesen war, kurz bevor er das Bewusstsein verlor.

Er ließ den Löffel sinken. „Als ich fast ertrunken wäre, hat auf einmal Phönix das Band zu mir geknüpft", murmelte er.

Master Duncan nickte. „So was soll vorkommen. In solchen

Extremsituationen ist es manchmal möglich, das Band auch über riesige Distanzen zu knüpfen." Er räusperte sich. „Dein Drache hat gespürt, dass du in großer Gefahr warst."

Henry wurde warm ums Herz, und er lächelte. Dann hob er den Blick „Aber Sie? Wo kamen Sie und Anonymus, äh, Pan auf einmal her? Und ... und was ist mit Graham?"

„Langsam, Henry." Master Duncan hob abwehrend die Hände. „Eins nach dem anderen."

Er zog sich einen Stuhl heran und ließ sich stöhnend neben seinem Bett nieder. Henry fiel auf, dass sein ehemals weißes Gipsbein mittlerweile fleckig grau und braun war. Bis auf die Stelle unter den Zehen. Dort wo ein Stück abgebrochen war, hatte es irgendjemand notdürftig geflickt, sodass es mittlerweile an einen Klumpfuß erinnerte.

Master Duncan war seinem Blick gefolgt. „Das kommt jetzt aber bald ab, oder, Nella?"

Mistress Leonella stemmte die dünnen Arme in die Seite. „Es kommt ab, wenn ich es sage. Du bist wirklich der schlechteste Patient, den man haben kann, Duncan."

Master Duncan grunzte unwillig und streckte das eingegipste Bein aus.

„Nachdem ich euch in London abgesetzt hatte, habe ich noch ein paar Leute getroffen", wandte er sich wieder an Henry und begann zu erzählen. „Ehemalige Reiter, die ich nach Lady Blackstone befragt habe. Keinem von ihnen war etwas Ungewöhnliches aufgefallen. Die alte Hexe schien sich völlig ruhig zu verhalten. Das Einzige, was ich ein wenig seltsam fand, war die Aussage eines ehemaligen Reiters. Er hat mir von Graham erzählt und dass er seit Kurzem eine Glückssträhne hatte. Ganz ungewöhnlich für den armen Pechvogel. Pferderennen, Fußballwetten, Pokerspiele – alles schien er zu gewinnen. Ich freute mich für ihn. Und zuerst dachte ich nicht, dass es da einen Zusammenhang mit Lady Blackstone gibt. Bis ich eins und eins zusammenzählte."

Master Duncan griff sich Henrys Löffel, der mittlerweile mit der Suppe fertig war, und schob ihn sich unter den Gips.

Mistress Leonella warf ihm einen vorwurfsvollen Blick zu.

„Tut mir leid, Nella, aber das juckt wie Hölle."

Nachdem er sich ausgiebig gekratzt hatte, legte er den Löffel wieder zur Seite.

„Mithilfe des ehemaligen Reiters rechnete ich zurück und stellte fest, dass Grahams Glückssträhne kurz nach dem Verschwinden des Drachenorakels aus dem Naturkundemuseum angefangen hatte. Das konnte kein Zufall sein."

Master Duncan legte sorgenvoll die Stirn in Falten.

„Zurück auf Sieben Feuer hat es mich nicht mehr losgelassen, und ich habe Mistress Dora und Master Finley davon berichtet. Während Master Finley sich für Graham freute, hat mich Mistress Dora zur Seite genommen und mir von Lucys zweiter Prophezeiung erzählt. „Grün und Grau. Du weißt schon. Und da ist bei mir endlich der Groschen gefallen. Dass es darin um Graham ging und dass er Böses im Schilde führte.

Ich habe versucht euch anzurufen, doch diese blöden Handydinger funktionieren einfach nicht richtig."

Henry verschwieg lieber, dass Lucy das Telefon auf stumm geschaltet und fünfzehn seiner Anrufe verpasst hatte.

„Jedenfalls war klar, dass ich zu euch musste. Und nicht nur ich. Auch Anonymus ..."

An dieser Stelle unterbrach Arthur, der die ganze Zeit stumm zugehört hatte, den Master. „Pan!", korrigierte er und blickte oberlehrerhaft durch seine dicken Brillengläser. „Pyrothargas hat mir berichtet, dass Pan angefangen hatte, bis zur goldenen Grenze zu fliegen. Der Ruf seiner Reiterin ließ ihn nicht mehr los. Und irgendwie schien es, als ob er große Gefahr spüren würde."

Master Duncan nickte. „Ich habe mich mit den anderen Mastern beraten, und wir haben uns dazu entschieden, dass ich im Schutz der Nacht auf Anonymus ..."

„Pan", korrigierte Arthur wieder.

Master Duncan runzelte die Stirn. „Ja, doch. Also auf Pan nach Arundel fliege. Wir haben ihm Grenzenlossaft verabreicht und gewartet, bis es dunkel wurde. Zum Glück war es in dieser Nacht so dunkel, dass man die Hand vor Augen nicht erkennen konnte. Und so habe ich gehofft, dass niemand den Drachen am Himmel entdecken würde. Was für ein wilder Ritt! Mein Hintern tut mir immer noch weh."

Er rutschte prüfend auf seinem Stuhl hin und her.

„Na ja, wir haben im Schutz des Waldes am Rand des Sees auf euch gewartet. Dass ihr den Weg über den Wasserfall nehmen würdet, konnten wir nicht ahnen. Du kannst dir sicher vorstellen, dass mir fast das Herz stehen geblieben ist, als wir euch auf einmal über dem Wasserfall hängen gesehen haben. Anonymus, also ich meine Pan, ist sofort losgeflogen. Unser wichtigstes Gebot, dass die Drachen unentdeckt bleiben müssen, war ihm völlig egal. Er wollte euch drei retten, doch dann ist Violet abgestürzt." Master Duncan hatte sich in Rage geredet und raufte sich aufgeregt die Haare, als er weitersprach. „Dann ging alles furchtbar schnell. Pan hat Violet bei mir abgesetzt und wollte wieder zu euch. Doch dann seid ihr abgestürzt." Er schluckte. „Lucy ist kurz darauf wieder aufgetaucht und zu uns geschwommen. Du aber warst verschwunden. Ich bin in den See gesprungen, aber das verdammte Gipsbein hat mich runtergezogen. Ich hatte alle Hände voll damit zu tun, mich selbst zu retten." Er grunzte verstimmt. „Ich kam mir vor wie eine dieser verdammten Trottellummen. Zu nichts zu gebrauchen." Er ballte die Fäuste und schlug sich auf den Gips. „Zum Glück war Pan da, um dich aus dem Wasser zu fischen."

„Und Graham? Was ist mit ihm?", fragte Henry.

Master Duncans Gesichtszüge wurden hart. „Leider konnte er entkommen. Aber sobald wir ihn finden, werden wir ihm so viel *Elixier des Vergessens* einflößen, dass er auf ewig seine Erinnerungen an Sieben Feuer und die Drachen verliert." Master Duncan knackte mit seinen Fingern. „Eine verdammte Schande ist das. Er war kein schlechter Junge, weißt du? Mutig und tollkühn. Ein großartiger Drachenreiter, aber auch sehr leichtsinnig. Leider ist ihm das zum Verhängnis geworden, und er ist dieser alten Hexe Blackstone ins Netz gegangen."

Es klopfte, und Lucy schob ihren Lockenkopf zur Tür herein. „Ist Henry wach?", fragte sie aufgeregt. „Darf ich ihn sehen?"

„Maximal zwei Besucher", sagte Mistress Leonella streng.

Master Duncan erhob sich stöhnend und tippte sich zum Abschied an die Stirn. „Komm, Arthur, wir gehen. Den Rest der Geschichte kann Lucy ihm erzählen."

Lucy, die wie immer barfuß war, tapste durchs Zimmer, kletterte, ohne sich um die protestierende Mistress Leonella zu scheren, zu Henry ins Bett und schlang ihre Arme um seinen Hals.

„Na gut", murmelte Mistress Leonella. „Ich lass euch dann mal alleine. Überanstreng den Armen aber nicht", ermahnte sie Lucy. Bevor sie behutsam die Tür hinter sich schloss, erhaschte Henry einen Blick auf Chloé, Edward und Timothy, die neugierig ihre Hälse reckten und ihm zuwinkten.

Als sie alleine waren, rückte Lucy von Henry ab, zog ihre Beine an und musterte ihn über ihre Knie hinweg.

„Ich hatte solche Angst um dich", sagte sie schließlich. „Seit dem Moment, als ich die Prophezeiung im Unterricht von Mistress Dora gemacht habe. Ich wusste sofort, was sie bedeutet und dass ich alles daransetzten muss, dass sie nicht wahr wird."

„Lucy!", rief Henry entnervt. „Jetzt liegt sie ja in der Vergangenheit. Würdest du mir also bitte endlich verraten, wie diese verdammte Prophezeiung lautet?"

Lucy seufzte. Obwohl es vorbei war, fiel es ihr immer noch schwer, die Weissagung auszusprechen.

„Du wirst fallen, du bist nicht zu retten, doch warum musst du dein Schicksal an andere ketten?", murmelte sie. *„Grün reißt du mit und leider auch Rot, und dein bester Freund stirbt deinen Tod"*, flüsterte sie weiter. „Mit Grün war Violet gemeint. Erinnerst du dich? Die grünen Knochen im Drachenorakel stehen für die Blattfinger. Und Rot warst du. Der Reiter des Teufelsgrinds. Dich würde ich mit in den Tod reißen, prophezeite mir das Orakel. Und du würdest meinen Tod sterben. Deshalb habe ich losgelassen. Um dich nicht mit in den Abgrund zu reißen."

„Deshalb konntest du mir nichts über die Prophezeiung sagen, richtig? Weil es darin um mich ging. Und hätte ich sie gekannt, wäre sie mit noch größerer Sicherheit wahr geworden."

Lucy nickte.

„Und ich habe dich die ganze Zeit damit genervt", sagte Henry jetzt mitfühlend.

„Schlimmer noch!", empörte sich Lucy. „Als es darauf ankam, hast du nicht auf mich gehört."

Sie knuffte ihn in die Seite. Henry stöhnte schmerzerfüllt auf.

„Ups, 'tschuldigung", sagte sie kleinlaut. „Aber wie konnte ich ahnen, dass du Sturkopf so blöd bist, mir hinterherzuspringen? Ich hatte so große Angst um dich. Für mich sind solche Sprünge ja ein Klacks, aber für dich ..." Sie lächelte schief.

„Zum Glück war Anonymus da. Er hat Violet am Ufer abgesetzt und ist sofort wieder auf den See hinausgeflogen. Obwohl Blattfinger eher wasserscheu sind, hat er sich immer wieder in die Fluten gestürzt, um nach dir zu suchen. Dreimal ist er ohne dich wieder aufgetaucht." Lucy wischte sich über die Augen. „Als Anonymus ... Pan, auch egal, jedenfalls als er das vierte Mal auftauchte, mit deinem leblosen Körper zwischen den Klauen, ist mir ganz schlecht geworden."

„Aber du hast mich gerettet", sagte Henry behutsam. „Du hast mich ..."

Doch er wurde unterbrochen. Die Tür hatte sich leise geöffnet, und die anderen kamen in den Raum geschlichen.

„Und sie hat dich wachgeküsst, Dornröschen!", feixte Timothy.

„Wenn das Küssen sein soll, dann bin ich fürs Erste bedient", erwiderte Lucy schlagfertig. „Henry hat mir mindestens einen Liter brackiges Seewasser in den Mund gespuckt."

Henry lief rot an. „Wo ist eigentlich Violet?", fragte er, um abzulenken.

„Sie ist jetzt ganz offiziell eine Drachenreiter-Anwärterin", sagte Chloé. „Die Feuertaufe hat sie schon bestanden, als sie im Fallen nach Pan gerufen hat. Wenn sie jetzt noch die Feuerprobe und den Feuersprung besteht, ist sie eine von uns."

„Will sie denn auch wirklich nach Sieben Feuer kommen?", fragte Henry. „Anfangs war sie ja nicht so begeistert."

Chloé winkte ab. „Nachdem sie das Band zu Pan geknüpft hatte, wäre sie am liebsten sofort mit uns mitgekommen."

„Ging natürlich nicht", ergänzte Timothy. „Sie muss erst mit ihren Eltern sprechen. Aber so, wie ich Violet kenne, können die ihr keinen Wunsch abschlagen."

Hinter ihnen öffnete sich erneut die Tür.

„Was ist denn hier los?", schimpfte Mistress Leonella. „Ich habe euch doch gesagt, dass Henry Ruhe braucht. Raus mit euch allen! Und du schläfst jetzt erst mal 'ne Runde", befahl sie Henry, dem nichts anderes übrig blieb, als artig zu nicken.

Henry dachte gar nicht daran zu schlafen. Vorsichtig tastete er nach Phönix.

Henry!, begrüßte ihn sein Drache freudig. *Da bist du ja endlich!* Sie schlangen das Band umeinander und knüpften es enger als einen Perserteppich.

„Danke", murmelte Henry in Gedanken. „Hättest du nicht das Band zu mir geknüpft, wäre ich wohl ertrunken. Als ich immer tiefer Richtung Seegrund gesunken bin, hatte ich eigentlich schon aufgegeben. Du hast mir das Leben gerettet."

Phönix schmiegte sich an ihn. *Ich hatte solche Angst um dich*, schluchzte sein Drache. *Ab jetzt lass ich dich nie mehr aus den Augen. Immer wenn du dich allein auf eine Mission begibst, geht es in die Hose. Egal wie hier die Regeln sind, von jetzt an komme ich mit!*

„In die Hose gehen", sagte Henry und schmunzelte. „Endlich hast du eins unserer Sprichwörter mal richtig gebraucht. Du lernst dazu."

Kein Schuss in den Ofen?, fragte Phönix erfreut, und Henry und er mussten lachen.

„Ich hab dich lieb, Phönix“, murmelte Henry.

Und ich dich, antwortete sein Drache.

Henry seufzte, lockerte das Band ein wenig und versuchte seine Beine über die Bettkante zu schwingen.

Was machst du da?, fragte Phönix alarmiert.

Henry schloss kurz die Augen, so schwindlig war ihm. „Na was wohl? Ich will zu euch in die Drachenhöhle!“, sagte er. „Zu dir, Happy und Pan.“

Hältst du das für eine gute Idee?, fragte Phönix vorsichtig.

Henry schüttelte den Kopf. „Wahrscheinlich nicht. Aber ich hatte auch schon schlechtere. Und ich will euch einfach sehen. Ich schleiche mich vor die Burg, und du holst mich ab. Okay?“

Phönix dachte nach. *Na gut, ich will dich auch unbedingt sehen,* sagte er schließlich.

Wenig später legte sich Phönix so flach auf die Erde, wie es ihm möglich war. Henry hatte zwei Kissen unter seine Bettdecke gestopft, sodass es so aussah, als ob er darunterliegen und schlafen würde. Dann hatte er sich heimlich aus dem Krankensaal gestohlen.

Trotz der Mittelchen von Mistress Leonella und seiner Selbstheilungskräfte hatte Henry immer noch Schmerzen. Und einen gehörigen Drehwurm. Und so torkelte er über den Innenhof der Burg und hievte sich ächzend hinter die dreizehnte Schuppe auf Phönix' Rücken.

Der junge Grind breitete behutsam seine Schwingen aus und hob, so sanft er konnte, ab. Trotz der Schmerzen fühlte Henry sich augenblicklich besser. Endlich wieder Fliegen! Wie sehr hatte er es vermisst!

Die Landung in der Drachenhöhle war dagegen eine einzige Qual. Henry ließ sich stöhnend von Phönix' Rücken gleiten und legte sich in das Stroh, das Happy für sein Lager zusammengescharrt hatte.

Klar doch! Mach's dir ruhig bequem, Zwerg. Für wen, wenn nicht für dich, habe ich das Lager hergerichtet. Die großen grünen Augen des alten Teufelsgrinds musterten ihn empört. Dann wurde sein Blick weicher. *Du siehst fürchterlich aus, Zwerg*, stellte er fest. *Erzähl mir, was passiert ist. Und bleib ruhig liegen*, fügte er gnädig hinzu.

Henry begann zu erzählen. Als er bei seinem Sturz in den Arundelsee angelangt war, spürte er, dass ein anderer Drache nach ihm tastete. Im ersten Moment erkannte er Pan nicht. Als der Drache noch Anonymus geheißen hatte, hatte sich sein Band wie eine Peitsche angefühlt. Jetzt war es, als ob ein hauchzartes Seidenband nach ihm tastete.

Henry unterbrach sich und ergriff es.

Im ersten Moment zuckte Pan zurück, doch dann ließ er es geschehen. *Henry ...*, meldete sich Pan zögernd. *Ich habe jetzt eine eigene Reiterin. Eigentlich dürfen wir das Band nicht mehr miteinander knüpfen.*

„Ich weiß", bestätigte Henry.

Doch ich wollte dir danken. Für alles, was du für mich getan hast. Ich stehe tief in deiner Schuld.

„Quatsch." Henry schüttelte den Kopf. „Du hast mich vom Grund des Arundelsees gefischt. Ich würde sagen, wir sind quitt."

Noch lange nicht, widersprach Pan. *Auch wenn wir das Band zukünftig nicht mehr knüpfen dürfen. Ich weiß, was ich dir schulde, Drachenreiter. Und wann immer ich es gutmachen kann, werde ich da sein. Das verspreche ich dir. Bei meiner Drachenehre.*

„Ich dank dir", erwiderte Henry gerührt.

Leb wohl, sagte Pan feierlich und kappte die Verbindung.

Hallo? Erde an Zwerg? Würdest du die Geschichte vielleicht mal zu Ende erzählen?, kam es ungeduldig von Happy.

Henry wollte gerade weiterreden, als er plötzlich zögerte. Irgendetwas war da. Etwas, das er vergessen hatte. Bis jetzt. Bis zu seiner Unterhaltung mit Pan.

Und plötzlich fiel es Henry wieder ein. Vor Schreck umschlang er Happy so fest, dass der alte Drache nach Luft schnappte.

Verdammt noch mal. Was soll das denn jetzt?, keuchte er.

„Happy!", rief Henry, der kurzzeitig vergessen hatte, wie sehr der alte Grind diesen Namen hasste. „Am Grund des Arundelsees ... Da habe ich sie gesehen ..."

Wen?, fragte der Drache ungehalten. *Sprich gefälligst in ganzen Sätzen.*

„Das war kein Ast, den ich am Grund des Arundelsees berührt habe, sondern ein Horn. Ein Drachenhorn!“, rief Henry aufgeregt. „Und dann … dann hat er sein Auge einen Spaltbreit geöffnet. Happy! Auf dem Grund des Arundelsees liegen die versteinerten Blattfinger … und sie erwachen!“

ALLE CLANS AUF EINEN BLICK

HENRY MCGREGOR

Clan: *McBain*
Wahlspruch: *Wir geben niemals auf!*
Pflanze: *Efeu*
Gabe: *Gute Heilfähigkeit*
Drache: *Phönix, ein Teufelsgrind*

ARTHUR DOYLE

Clan: *Dunbar*
Wahlspruch: *Hungrig nach Bildung, durstig nach Wissen!*
Pflanze: *Olivenbaum*
Gabe: *Fotografisches Gedächtnis*
Drache: *Pyrothargas, eine Mönchshaube*

LUCY TEMPLE

Clan: *Duffy*
Wahlspruch: *Ich liebe!*
Pflanze: *Sonnenblume*
Gabe: *Extrem musikalisch*
Drache: *Wellentänzerin, ein Aquamarin*

EDWARD ABERCROMBIE

Clan: *Abercrombie*
Wahlspruch: *Aus vielen mach eins!*
Pflanze: *Eiche*
Gabe: *Der geborene Anführer*
Drache: *Königsherz, ein kaukasisches Vierhorn*

TIMOTHY O'SULLIVAN

Clan: *Murray*
Wahlspruch: *Niemand reizt uns ungestraft!*
Pflanze: *Distel*
Gabe: *Lautloses Bewegen*
Drache: *Königsblut, ein kaukasisches Vierhorn*

CHLOÉ ÉCLAIRE

Clan: *Éclaire*
Wahlspruch: *Wir brennen nicht, wir leuchten!*
Pflanze: *Schwertlilie*
Gabe: *Anmut*
Drache: *Tausendschön, ein Maskara*

VIOLET SALISBURY

Clan: *Crawford*
Wahlspruch: *Tausend Augen, tausend Ohren,*
tausend Zungen werden mit uns sein!
Pflanze: *Buchsbaum*
Gabe: *Besondere Verbindung zu Tieren*
Drache: *Blattfinger*

BIST DU EIN EXPERTE FÜ

Auf diesen Seiten kannst du zeigen, was in dir steckt und wie groß dein Wissen ist. Denn noch konnten nicht alle Geheimnisse und Rätsel rund um den siebten Clan entschlüsselt werden. Hilf Henry, Lucy, Arthur und Co. dabei und beweise, dass auch du nach Sieben Feuer gehörst. Viel Spaß!

TESTE DEIN EXPERTENWISSEN

1) Im letzten Band haben wir Lady Blackstone kennengelernt. Welche Rolle spielt sie im Zusammenhang mit dem siebten Clan?

a) Lady Blackstone hat Master Duncan berichtet, dass der verbotene siebte Clan noch immer existiert. Durch ihre Hilfe konnten Mitglieder des Clans, die sich gut versteckt hatten, gefunden werden.

b) Weil Lady Blackstone eine berühmte Seherin ist, haben Henry und seine Freunde sie nach dem siebten Clan befragt. In einer Vision offenbarte sie ihnen, wo sich der letzte Drache des Clans befindet.

c) Sie war das letzte Mitglied des siebten Clans und hat einst den großen Aufstand angezettelt. Daraufhin wurde sie vom Bündnis der Drachenreiter ausgeschlossen. Außerdem hielt sie den Drachen Anonymus in ihrer Burg gefangen.

2) Wie heißen die Drachen des siebten Clans, und was sind ihre besonderen Merkmale?

a) Sie heißen Blauschuppen und sind entsprechend ihrem Namen von blauen Schuppen überzogen. Besonders ist außerdem, dass sie blaues Feuer speien.

b) Die Drachen heißen Blattfinger. Sie sind grün und haben nicht nur ein Geweih, das dem von Hirschen ähnelt, sondern auch Saugnäpfe an ihren Zehen.

c) Zum siebten Clan gehören die Feuerkrallen. Sie können ihre Krallen erhitzen und auf diese Weise jedes noch so harte Material durchtrennen.

…DEN SIEBTEN CLAN?

3) Wie findet Henry heraus, wer Anonymus' Reiter werden soll?

a) Eigentlich möchte Henry nur bei der großen Abschiedszeremonie zugucken. Doch genau in dem Moment weiß Anonymus plötzlich, wer sein Reiter werden soll. Er bittet Henry, ihn an seinen Hörnern zu packen, und verrät ihm den Namen.

b) Anonymus hat im Schlaf plötzlich eine Vision von einem Mädchen. Durch das Band zeigt er Henry ihr Gesicht, der sie daraufhin seinen Freunden beschreiben kann. So erkennt Arthur sie.

c) Während Henry auf Schloss Blackstone ist, findet er das Foto eines Mädchens. Happy weist ihn dann darauf hin, dass sie wichtig für die Lösung des Rätsels ist, und liegt damit mal wieder goldrichtig.

4) Was ist die besondere Fähigkeit der Reiter und Drachen des siebten Clans?

a) Alle Reiter des siebten Clans haben eine Haut aus Stein. Wenn andere Menschen sich verletzen, bleibt ihre Haut unversehrt. Auch Anonymus hat diese Haut, sodass ihm Feuer nichts anhaben kann.

b) Wie sich auch bei Violet zeigt, haben die Reiter des siebten Clans ein außerordentliches Gespür für Tiere. Auf diese Weise können sie ein schwaches Band zu ihnen knüpfen. Das gilt auch für ihre Drachen.

c) Violet und auch Anonymus haben beide ein unglaublich gutes Gedächtnis. Sie können sich an alles, was sie jemals gesehen oder gehört haben, bis ins kleinste Detail erinnern.

DER GEHEIMNISVOLLE RUNENSTEIN

Auf ihrem Weg zu den Zwillingsschluchten begegnen Henry und seine Freunde einem geheimnisvollen Stein, der wie eine Faust aussieht. Erst auf den zweiten Blick entdecken sie dort eine geheime Inschrift, die in Runen geschrieben ist. Nur ein wahrer Drachenreiter kann diese Inschrift entziffern!

Hier siehst du das Runenalphabet mit den entsprechenden Buchstaben der lateinischen Schrift. Nutze es, um anschließend die Botschaft zu entziffern.

ᚨ	ᛒ	ᚲ	ᛞ	ᛖ	ᚠ	ᚷ	ᚺ	ᛁ
A/Ä	B	C	D	E	F	G	H	I
ᛃ	ᚲ	ᛚ	ᛗ	ᚾ	ᛟ	ᛈ	ᚲ	ᚱ
J	K	L	M	N	O	P	Q	R
ᛊ	ᛏ	ᚤ	ᚢ	ᚹ	ᛋ	ᛃ	ᛉ	
S	T	U/Ü	V	W	X	Y	Z	

ᚹᛖᚱ ᛞᚨᛊ ᛚᛁᛖᛊᛏ, ᛁᛊᛏ ᛖᛁᚾ ᛊᚲᚺᛚᛖᚲᚺᛏᛖᚱ

ᛞᚱᚨᚲᚺᛖᚾᚱᛖᛁᛏᛖᚱ. ᚷᛖᛉᛖᛁᚲᚺᚾᛖᛏ: ᛏᛁᛗᛟᛏᚺᛃ.

____

____

____

DEIN EIGENES DRACHENEI!

Auf der Insel Croqc konnten Henry und seine Freunde mit ansehen, wie der junge Teufelsgrind Phönix aus dem Ei schlüpfte. Bastele dir dein eigenes Drachenei und warte darauf, dass der Drache schlüpft.

Was du brauchst:

- ein Ei aus Styropor (sollte die Größe von einem normalen Ei haben)
- ca. 100 Reißzwecken ohne Kappen
- Styroporplatte
- Nagellack in einer Farbe deiner Wahl

So geht's:

1) Pinn die Reißzwecken auf die Styroporplatte. So kannst du sie leichter lackieren.

2) Lackiere die Köpfe der Reißzwecken mit Nagellack und lass die Farbe gut trocknen. Besonders geheimnisvoll schimmern sie, wenn man anschließend eine weitere Schicht glitzernden Klarlack oder Glitzerlack in einer ähnlichen Farbe aufträgt.

3) Pinn nun die Reißzwecken an das Ei: Beginne, indem du den ersten Pinn unten mittig auf das Ei setzt. Anschließend werden die Reißzwecken immer im Kreis so eng aneinander gepinnt, dass sie sich überlappen. Auf diese Weise sieht es so aus, als hätte das Ei Schuppen. Wie ein echtes Drachenei eben!

ENTSCHLÜSSELE DAS DRACHENORAKEL!

Die Drachenreiter müssen die Prophezeiungen des Orakels deuten. Doch das ist nicht immer so einfach. Manchmal muss man dafür ganz schön um die Ecke denken. Probiere es selbst aus und entschlüssele, was sich hinter den folgenden Sprüchen verbirgt.

1.
Hast du es,
willst du es teilen.
Teilst du es,
wirst du es nicht mehr haben.

2.
Ich zeige dir, was du mir zeigst,
wenn du lächelst, lächle ich zurück,
wenn du traurig bist, bin ich es auch,
doch nicht in der Dunkelheit.
Aber mein Rechts ist immer dein Links.

3.
Es hat zwei Flügel
und kann doch nicht fliegen.
Es hat einen Rücken
und kann doch nicht liegen.
Es trägt eine Brille
und kann doch nicht sehen.
Es hat ein Bein
und kann doch nicht stehen.
Es kann laufen,
aber nicht gehen.

HERZLICHEN GLÜCKWUNSCH!

In dir steckt ein echter Experte!

Super, du hast das Drachenorakel gemeistert und bist nun im Besitz eines echten Dracheneis. Du kennst alle Fakten zum siebten Clan und hättest zusammen mit Henry bestimmt auch den neuen Reiter ausfindig machen können. Doch wer weiß, vielleicht wirst du ja eines Tages nach Sieben Feuer berufen und der Reiter von Anonymus, äh, Pan sein ...

Lösungen:

Fragen zum siebten Clan:
1-c, 2-b, 3-a, 4-b

Runenstein:
Wer das liest, ist ein schlechter Drachenreiter.
Gezeichnet: Timothy.

(Was für eine merkwürdige Botschaft. Hier hat sich wohl jemand einen Scherz erlaubt ...)

Drachenorakel:
1. Geheimnis, 2. Spiegel, 3. Nase

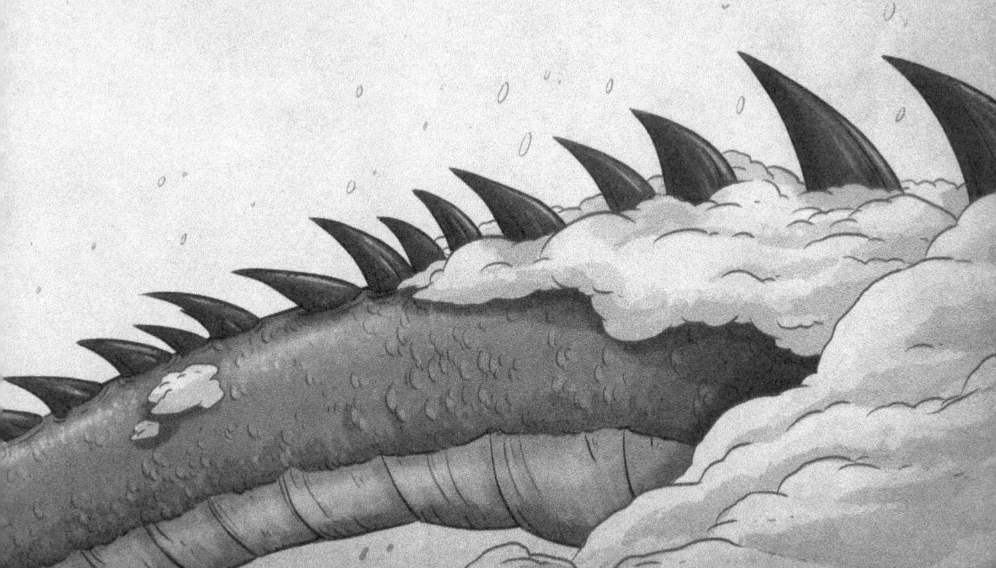

Fortsetzung folgt …

Erste Prophezeiung

Wird das Bündnis verraten,
wird Feuer zu Stein.
Und dieser Fluch soll für immer sein.
Doch wird ein neues Feuer entfacht,
wird eine neue Zunge zum Reden gebracht
und schließlich ein neuer Reiter erkoren,
dann wird aus Stein
neues Feuer geboren.

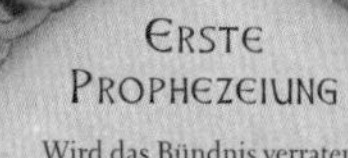

Dritte Prophezeiung

Grau wird nicht Grün sein,
und Grün wird nicht Grau sein.
Öffnet die Augen,
es trügt euch der Schein!